世界中が夕焼け

穂村弘
山田航

新潮社

山田航の穂村短歌評に、穂村弘がコメントを付した本です。

世界中が夕焼け——穂村弘の短歌の秘密

穂村弘の短歌を読む

山田　航

　穂村弘は平成最大の歌人だ。穂村弘以前・以後とすら言えるほど、現代短歌に与えた影響は大きい。どんなかたちであれ、穂村弘の磁場を離れて存在している現代歌人はいない。第一歌集『シンジケート』は、もはや古典と呼べる一冊だ。

　現代短歌シーンにおいて穂村弘は二つの顔を使い分けている。一つは「ニューウェーブの旗手」としての顔。90年代以降に、全く新しい短歌表現を模索した「ニューウェーブ短歌」の中心人物として、斬新な手法を駆使し新たな潮流を生み出した。そして現代短歌の風景を一変させた。改革者としての側面だ。

　もう一つは「短歌の啓蒙者」としての顔である。２０００年代に入ってから穂村弘は、エッセイを多数発表するようになった。一連のエッセイは幅広い層から支持を受け、穂村弘の名を一躍高めた。その中には短歌に触れたことのないような読者も少なくなかった。穂村弘は鋭利な短歌批評家でもある。『短歌の友人』などの歌論書にて、短歌が高度に情報の圧縮された表現形式であり、情報の解凍が読者の側に委ねられていることが短歌の「読みづらさ」の原因とたびたび指摘している。穂村がエッセイを書いてきた理由は、情報の解凍に不慣れな読者への手助けであり、短歌の面白さ、豊かさを伝えるための啓蒙活動である。

断言しよう。穂村弘が書いてきたエッセイはすべて、自らの短歌に対する膨大な注釈である。自分の歌はこう読んだらいいよという補助線であり、ヒントである。鋭く尖った表現形式で現代短歌にショックを与えた「改革者」としての自らの顔をあえて引っ込め、まったく押し付けがましくない方法で短歌の読み方を提示している。ということはだ。穂村弘の短歌を読まなくては、エッセイの真の魅力にも気付けないということだ。短歌を読まず、エッセイだけ読んで満足していてはいけないのだ。穂村弘は歌人だ。短歌でなければ自分の心を表現できないと思ったから、歌集でデビューを果たしたのだ。どれだけのものを書いたって、すべては短歌へと還っていく。穂村弘が本当に心の底から叫びたいこと。それはもうすでに、短歌のなかですべて言い尽くされている。散文の本を何冊書こうが、それらはみな短歌の補足説明にすぎないのだ。

穂村弘の短歌を読もう。穂村弘が本当に伝えたいことを、打ち寄せる波をかき分けて直接探りに行こう。大丈夫。それを受け取れるだけの力はあなたにはもう備わっているはずだ。穂村弘の短歌の向こうにある、きらきらと眩しいコアを、つかみに行こう。

終バスにふたりは眠る紫の〈降りますランプ〉に取り囲まれて

終バスにふたりは眠る紫の〈降りますランプ〉に取り囲まれて

『シンジケート』（１９９０）

人口に膾炙した代表的な一首。甘やかな相聞歌である。「冬の歌」と題された一連に含まれており、歌の舞台は冬。同じ一連の中には性愛の歌が多く含まれており、まさに幸福の絶頂にいるときの歌だ。

この歌の妙味は、バスの降車ボタンに〈降りますランプ〉という名称をつけたところ。実際の降車ボタンは「止まります」と書かれている。〈降りますランプ〉としたのは単に字数を合わせるためではなく、「降ります」と優しく語り掛けるような暖かさが欲しかったのだろう。「ボタン」ではなく「ランプ」なのも、灯りをイメージさせるための配慮だ。誰もが日常的に目にしていながら名前を呼んでいないものに〈降りますランプ〉という名称をつけたことで、鮮やかな映像として歌世界のイメージが広がるのである。また、「紫の」にはおそらくこの万葉歌のイメージをかけてある。

あかねさす紫野行き標野行き野守は見ずや君が袖振る　　額田王

この〈降りますランプ〉はふたりの世界を鮮やかに照らす照明である。かけがえのない一瞬の愛の輝き。それがさんさんと降り注ぐ陽光などではなく、冬の真夜中、終バスの中の降車ボタンによってのみ照らされる。甘く美しいけれど、寂しい風景だ。終バスは、この先どこに行くのかわからないふたりの未来を暗示している。都市の中に一瞬生まれた幻想空間のなかで、ふたりは逃避するように眠るのだ。（山田）

この歌は「降りますランプ」っていう造語がポイントになっているんですが、山田さんが書いていらっしゃる通り、本当は「止まりますボタン」なんですよね、現実のバスでは。本来は不自然な造語なんです。でも、歌を読む人には、これで瞬間的にわかる。あまり違和感を持たない。作者としては、「止まりますボタン」では字余りになるという音数の問題と、なによりも取り囲まれている光に注目したい、ということで「降りますランプ」という言葉を取り込んでいます。あとから見直すと、この歌は、MとRの音の組み合わせが多くて、「ムル」「ムラ」「リマ」「ラン」「マレ」と五回出てくる、とインターネット上で指摘されました。作ったときは作者も無意識なんですが、長く記憶に残る歌には、内容以上にそういう音の側面に理由がある場合が多い、と高野公彦さんがよくおっしゃっています。たぶん読む人は、本当は「止まります」だよ、と意識しないように、MとRの音が多いな、なんて意識していないわけだけれど、意識下で、この響きを感じているらしい。歌というのは、他の文芸ジャンルに比べて、この意識下で感じている領域に依存度が高いんですね。歌は調べ、っていうくらいですから。

ランプの色も、紫と断定するのにもちょっと勇気が要りました。終バスというのは「終」とつけただけでニュアンスが出るので、便利な言葉ですよね。終電は日常的に使う言葉だけれど、終バスはそこまでじゃない。でも言われれば誰もがわかるという、そういうレベルの言葉です。

最後の終わり方も中途半端なんですね。取り囲まれて、そのあとどうなるのかわからない、そのままどこまでも夜の中をバスが進んで行くような、そういうイメージと「取り囲まれて」という言いさしの終わり方はリンクしているんだろうと思います。（穂村）

校庭の地ならし用のローラーに座れば世界
中が夕焼け

校庭の地ならし用のローラーに座れば世界中が夕焼け

『ドライ　ドライ　アイス』(1992)

「世界中が夕焼け」という極端にスケールの大きな表現は、穂村弘にしては珍しいものである。またもうひとつ珍しい点は、「校庭の地ならし用のローラー」という説明的な単語で上句が終わっていることだ。そのため、穂村の他の歌と比べて意味の重層性が薄く、シンプルなイメージである。この歌からは、世界の終末のような夕焼け空の下で広い校庭にひとりきりローラーの上に乗っている姿が想像される。真っ赤な夕焼けのイメージが鮮烈である。この歌は「夏時間」と題された一連の中にあり、夏の夕焼けの歌である。

　　サイダーは喉が痛くて飲めないと飛行機が生む雲を見上げて
　　記憶の夏のすべての先生たちのためチョークの箱に光る蜥蜴を

　同じ連にあるこれらの歌と並べてみても、シンプルな歌であることがわかる。しかし決して平板な歌ではない。「世界中が夕焼け」という表現からは、目に見えない遠い場所にも想像の翼を広げていこうという意志がみられる。そして最大のポイントとなるのは地ならし用のローラーというアイテム立てであろう。本来座るためのものではないローラーの上に座るというのは、自分ができうる限りの高みにのぼるための手段がそれしかなかったからということなのだろう。木に登るのでも山に登るのでもなく、自分にできるのはローラーに登ることだけ。ちっぽけな人間である〈私〉が精一杯の高さにのぼりつめて、世界とつながっていこうとしている。あまりにも狭い世界を必死に生きている青春期の、かすかな抗いのような一瞬を切り取ってみせた歌だろう。（山田）

「校庭の地ならし用のローラー」に座るということの意味は、そのローラーで地ならしをしたんだとすると、地ならしされたところには下りられなくなった、というイメージがちょっとある。「世界中が夕焼け」ってことは、自分が一人だけの世界にいるっていうことで、「地ならし用のローラー」というのは、そういう場所なんです。ならしたあと、もちろん物理的には下りられるわけだけど、感覚的に自分が下りられなくなったみたいな。

現実には世界中が同時に夕焼けであることなどありえないわけだから、これは世界がまだ小さい人の感覚だよね。子供って自分の家しか知らないし、小学生ぐらいだと自分の町しか知らない。もうちょっと大きくなっても沿線のキーステーションが一番大きい駅だと思ってるみたいなことで、その世界の広さって年齢とか経験に比例するから、この人はまだ世界を知らないわけです。今自分が夕焼けのなかにいるから「世界中が夕焼け」であるという。でも、世界を知ってしまったあとには表現できない思い込みや抒情ってあると思う。「世界中が夕焼け」っていうことはありえないって知ってしまったら、もうそういうふうには表現できない。でも、実際には感覚として「世界中が夕焼け」ってことはあるわけで。世界をリアルに知ることがすべての詩をよりよくするわけじゃなくて、逆に書けないことができてしまう、知らないから書ける、みたいな面もあるんじゃないですか。（穂村）

夜のあちこちでTAXIがドア開く飛び発つかぶと虫の真似して

夜のあちこちでＴＡＸＩがドア開く飛び発つかぶと虫の真似して

『ドライ　ドライ　アイス』（１９９２）

短歌において「発見」はとても価値あるものとみなされている。視点を変えることで日常風景の些事から新たな世界を生み出す。これが巧みな人は「うまい」と言われたりする。例えば次のような歌だ。

暗黒にほたるの舞ふはやはらかき草書のごとしひかりの草書　高野公彦
われと妻それぞれ知らぬ過去ありて賀状の束を二つに分くる　影山一男
卓上の本を夜更けに読みはじめ妻の狭みし栞を越えつ　吉川宏志

ほたるの舞い飛ぶさまを「ひかりの草書」とたとえてみたり、年賀状の分別から夫婦それぞれの過去に思いを馳せてみたり、「よく気がついたなあ」という感動がある。このような「発見」の歌は、穂村にはほとんどみられない。あまりにトリビアルなので、都市の幻想空間を描き出そうとする穂村の志向にはいまひとつ合わないのだろう。ありていにいえば、歌が小市民臭くなる。

そんななか数少ない例外といえるのが掲出歌であり、タクシーの自動ドアが開くさまを、羽

03　夜のあちこちでTAXIがドア開く飛び発つかぶと虫の真似して

をひろげるかぶと虫にたとえている。言われてみれば確かに似ているものがあり、よく発見したものだ。しかしそこは都市歌人、「TAXI」と英字表記してみるなど、いかにも猥雑な都会の夜をうまく表現している。ネオンあふれる街の雑踏のなかを、かぶと虫のようにドアを開けてゆく車の列は、なおさら虫のようだ。それはアメリカ映画のようにしゃれた風景であり、同時に日本のどこの都市でもみられるようなありふれた風景でもある。「発見」とは日常風景からの飛躍であるという短歌的な基盤については揺らいでいない。

ちなみに、かぶと虫は穂村が愛しているモチーフのようで、同じように飛び立つかぶと虫を描写したこんな歌もある。

あ　かぶと虫まっぷたつ　と思ったら飛びたっただけ　夏の真ん中

（山田）

これは見立ての歌です。タクシーをかぶと虫に見立てています。実際のタクシーのドアは片側だけだけど、運転手さんの手元の操作で、なんかメカニックな感じで不器用に開きますよね、あの感じが虫っぽいんですよね。逆にいうとかぶと虫っていうのは金属っぽいんですよ。生身の生物にしては限りなく金属っぽい。メタリックな硬さとツヤツヤ感があって。この歌には羽根側しか出てこないんだけど、かぶと虫をひっくり返すとごちゃごちゃした足側もメカっぽいんです。車の裏側の配管とかと似ている。そういうことをたぶん一人ひとりの読者が体験として内蔵しているので、かぶと虫の真似して、と言ったときに大きな違和感はもたないんじゃないか。あとポイントは、タクシーは飛ばないってことですね。「でもタクシーは飛ばないじゃん」というツッコミはありそうだけど誰も言わない。なぜかというと、これが短歌として書かれる場合、飛べない羽根というところにある抒情が発生する。本当に飛ぶものじゃだめで、飛行機じゃだめなんですよ、実際にそれは飛ぶから。飛べないものがかぶと虫の真似をする、というふうじゃないと抒情が成立しない、という逆説のようなものがあると思う。

《あ　かぶと虫まっぷたつ　と思ったら飛びたっただけ　夏の真ん中》は青春歌です。大人の体感からすると無理があることを主張するところに青春性がある。かぶと虫が背中の真ん中の線からまっぷたつになるということと「夏の真ん中」のオーバーラップ。あとポイントは、ほんとうにまっぷたつになったら死ぬ、ということですね。青春という生命力のピークが逆に死を引き寄せるというか。「かぶと虫まっぷたつ」というのは、本当は飛ぶ元気なかぶと虫のうえに、死の幻影を見ているということで、そこには自分自身の青春が投影されていると思います。（穂村）

「あの警官は猿だよバナナ一本でスピード違反を見逃すなんて」

「あの警官は猿だよバナナ一本でスピード違反を見逃すなんて」

『ドライ　ドライ　アイス』（1992）

穂村弘の歌には「警察官」というモチーフが頻出する。しかも威厳ある秩序統率者としての警官ではなく、間抜けな権力の犬というイメージで描かれる。それはアメリカ映画におけるやられ役の警察官のような存在で、日本の警察官のイメージとはかなり違う。掲出歌はその典型ともいうべき歌で、バナナ一本を賄賂に贈っただけでスピード違反を見逃す間抜けな警官を猿だと揶揄している。エッセイの中にも、運転が下手でしらふでも飲酒運転に間違われて警官に止められるというエピソードが綴られているが、「警察官」は自分（と恋人）だけの世界に干渉しようとする邪魔者の象徴として扱われているように思える。もちろんそのような「邪魔者」は間抜けに押し退けられ、二人だけの世界をさらに強める引き立て役になることすらある。

　後ろ手に隠してるのはパトカーの頭にのっけてあげるサイレン？
　警官を首尾よくまいて腸詰にかじりついてる夜の噴水
　回転灯の赤いひかりを撒き散らし夢みるように転ぶ白バイ

しかし、いくら間抜けであってもあくまで警官は「追うもの」の象徴なのだろう。穂村の描く自己像は「世界からの逃避者」という部分が色濃くある。逃避していくうちに現実と夢想の隙間が曖昧になっていき、追う警官ですらもアメリカ映画のキャラクターのような平面的な造形になってゆく。「バナナ一本でスピード違反を見逃す警官」は究極のカリカチュアライズされた「追跡者」像である。

もしかすると作中主体が真に恐れているのは、現実を受け入れることで二人だけの世界を自分たち自身の手で壊してしまうことなのかもしれない。だから自分たちの世界を脅かしてくる仮想敵として「間抜けな侵入者」である警官の存在をでっちあげ、二人で手をとって逃げ続けることで自分たちだけの世界を必死で維持しようとする。でっちあげた存在だから「警察官」の造形は映画のキャラクターのように平面的だ。「逃避」に自己のアイデンティティを託そうとする青春の傷が、「警察官」のような存在を生み出したともいえる。（山田）

山田さんのこの歌の読解が非常に鋭いと思いました。最後のパラグラフの〈作中主体が真に恐れているのは、現実を受け入れることで二人だけの世界を自分たち自身の手で壊してしまうことなのかもしれない。だから自分たちの世界を脅かしてくる仮想敵として「間抜けな侵入者」である警官の存在をでっちあげ、二人で手をとって逃げ続けることで自分たちだけの世界を必死で維持しようとする。〉という指摘に納得しました。作っている時、なぜ警官が出てくるのか自分でもわからなかったですからね。確かに、親とか世間とか障害がある時には、二人の愛が永遠であるかのように確信できたのに、そういうものが一切なくなって二人だけが向き合うと全然永遠じゃない、ということがある。そうすると、邪魔していた親なり世間なりは、二人の愛に薪をくべてくれていたありがたい存在だった、ということで、大人はみんなそれを経験的に知っているわけなんだけど、二人が夜の町を疾走するパートナーみたいなイメージで書く時、戯画化された警官は社会の秩序を守るものを体現している。だから、「あの警官は猿だよ」とか二人で話し合っているのは、とても愉快で楽しい。夜が永遠に続いて、二人も永遠に手を取って逃げ続けるような、そういう快感に浸っていることができる。間抜けな警官は恩人なんですね、二人にとって。そのロジックに、なるほど、と感銘を受けました。書いてる時には、自分では気づかないですからね。誰でもそうで、偏愛する言葉って動詞でも名詞でもある。それって移り変わっていくんですよね。年と共に語彙が変わる。若い時の僕の歌には「警官」や「神父」が多いですね。命令形も多い。今、命令形とかほとんど使わないですからね。《警官を首尾よくまいて腸詰にかじりついてる夜の噴水》も、警官がいてこそですよね。これを例えば「先生を首尾よくまいて」としても成立するんだけど、もうちょっとやっぱりエッジをきかせたいということなんだと思いますね。

(04)「あの警官は猿だよバナナ一本でスピード違反を見逃すなんて」

《回転灯の赤いひかりを撒き散らし夢みるように転ぶ白バイ》というのは、赤と白っていうことが一つにはあるんですよね。「赤いひかり」と「白バイ」と。あとは、運動会でリレーの選手が転んだりする時とかもそうなんだけど、そこだけ時間感覚が変化して、致命的なことが起こった時に、見ている者にはスローモーションのように感じられる、そのことを「夢みるように転ぶ」としている。白バイに乗ってる人はオートバイのエリートで名手のはずだから、転ぶってのはよほどのことで、負の現象ですよね。それを「夢みるように」というのはどこか肯定的なニュアンスで、これは別に白バイ隊員を憎んでるわけじゃなくて、何かその命が危うくなることの中にある陶酔を若い感覚がとらえる、ということ。「ひかりを撒き散らし」には、血のイメージが多分あるんですよね。本当の事故現場に撒き散らすものは血なんだけど、これは「白バイ」という不思議な生き物が流す夢の血液。それがこの赤いひかりなんだ、みたいな、そういうイメージがあるかもしれない。若い時の歌ですね、この感じは。（穂村）

赤、橙、黄、緑、青、藍、紫、きらきらとラインマーカーまみれの聖書

赤、橙、黄、緑、青、藍、紫、きらきらとラインマーカーまみれの聖書

『手紙魔まみ、夏の引越し（ウサギ連れ）』（２００１）

穂村弘の歌にはキリスト教的モチーフが頻出する。しかし、上智大学出身ではあるけれどクリスチャンであるという話は聞かない。そもそも、穂村の扱うキリスト教的モチーフは本人が言うところの「モノ化」された、ファンタジー小説に登場するような存在として出てくる。本当に信仰があればリアルを知っているのでこういう扱い方はできないように思う。

掲出歌の場合は「聖書」である。しかし聖書といってもまるで教科書のように色とりどりのラインマーカーを引きまくっているというもので、宗教的な神秘性はかけらもない。ただ虹のようなきらきら感が残るばかりだ。また、色の並べられた上句は定型におさまらず崩れている（音読みすれば定型のリズムに近付くが、ここはあえて和語で読みたい）。このあたりにも「あらかじめ定められた世界」への反抗があるように思える。無神論的だからこそ逆に宗教的モチーフを用いる。キリスト教なのは、それが日本人にとって適度に離れた位置にあるからだろう。

「あなたがたの心はとても邪悪です」と牧師の瞳も素敵な五月

拳骨で鍵盤叩け　眠り込んだ神父の瞼に目玉を描け

星座さえ違う昔に馬小屋で生まれたこどもを信じるなんて

これらの歌にあらわれている信仰への不信感や破壊欲は、この世界に信じるに足るものがないことの裏返しだろう。まるで子どものおもちゃのようにラインマーカーまみれになった聖書は、宗教的な価値を喪失している。『手紙魔まみ』という歌集は「まみ」という少女の一人称で語ることで中年男性である作者が「他者のエネルギー」を取り入れようとする実験だった。きらきらしたラインマーカーは少女性の象徴であり、それが宗教＝「何かを信じること」をすらも超越するということが掲出歌に含意されているのだと思う。

神様、いま、パチンて、まみを終わらせて（兎の黒目に映っています）

（山田）

「せき、とう、おう、りょく、せい、らん、し」と僕は読んでいたんですよね、自分の中では。だけど、山田さんの読みでは、〈音読みすれば定型のリズムに近付くが、ここはあえて和語で読みたい〉と。「あか、だいだい、き、みどり、あお、あい、むらさき」。なるほどね、そういう考え方もあるかと思いましたね。僕はもうちょっとこれを学校で習った慣用句のように思っていたんです。「水《すい》、金《きん》、地《ち》、火《か》、木《もく》、土《ど》、天《てん》、海《かい》、冥《めい》」とか、そこまでポピュラーじゃないけど、「赤、橙、黄、緑、青、藍、紫」というのは、つまりこの並びじゃないとダメなんですよ。これはたまたま僕が並べたんじゃなくて決まり文句だと思う。虹のスペクトルの順番だったか何だったか忘れたけど。だから、一応慣用的な読みとして「せき、とう、おう、りょく、せい、らん、し」という。そうすると、これがなんか仏教っぽいというか、西洋じゃない宗教とか呪文みたいな感じがあって、それと「ラインマーカーまみれの聖書」という対比を狙ったつもりだった。ふりがなを振ったわけではないので、その読みを強要することはできないけど、その場合は音数が定型に合っているほうに準じるのが原則。とはいえ、確か以前、山中智恵子さんという歌人が自分の代表歌を朗読した時に、《青空の井戸よわが汲む夕あかり行く方（＝ゆくかた）を思へただ思へとや》という歌をそう音読したそうです。でも、この歌を最初に文字で見た時、「行く方（＝ゆくへ）を思へただ思へとや」だと思っていた。「ゆくへをおもへ」できっちり七音で、「ゆくかた」にすると字余りになってしまう。だから、彼女の朗読を聴かなければ、この歌は「ゆくへを思へただ思へとや」と読まれてもしかたがない歌で。でも、たしかに、歌としてどっちがいいかっていうと、字余りになっても「ゆくかたを思へただ思へとや」のほうがいいなって思った。そういう体験があります。ただ、本人は自分の頭の中で勝手に思い込んでるからね。ちょっとびっくりしました。これを「あか、だいだい」みたいに読む人がいるんだっていう。そりゃもちろんいるよね、こう書いてあれば。わざわざ「せき、とう、おう、りょく、せい、らん、し」なんて読まないんだな。

　初期の歌に神父とか牧師とかけっこう出てくるんですよね。これも警官とよく似た位相で使われていて、何かを代表する存在ですよね。警官が社会秩序を代表するように。それ以上のものではないんだけど。でも、林あまりさんというクリスチャンの歌人に、僕の歌を読んでクリスチャンだと思ったと言われたことがあったから、自分が思ってるほど記号的に書かれてるわけではないのかもしれないですね。神父とか牧師とか、その歌の文脈になんとなく合うほうを使ってるくらいの意識ですけど。彼らも最近の歌にはまず出てこない。〈信仰への不信感や破壊欲〉というほどの強い感覚はないですけどね。まあ、この歌は、行為としては冒瀆的でありつつ、聖書を熟読している、或いはその逆。そのへんの両義性ですよね。ものすごく一生懸命読んでいるくせにラインマーカーまみれにしてしまう冒瀆性。そこに何か惹かれるものがあるんです。（穂村）

「耳で飛ぶ象がほんとにいるのならおそろしいよねそいつのうんこ」

「耳で飛ぶ象がほんとにいるのならおそろしいよねそいつのうんこ」

『シンジケート』（1990）

一種のギャグというか、笑いを目的として作られた歌だ。「耳で飛ぶ象」とはもちろんディズニーアニメでおなじみのダンボのことだが、アメリカアニメのキャラクターを主題に据えて短歌を作るということ自体が、かなり斬新な試みであっただろう。ダンボを知っている世代なら「ああ、そういえばそうだよな」と素直に笑えるが、当時の歌壇の中枢を占めていたであろう世代の歌人の多くは意味がわからなかったかもしれない。つまりこの歌は、笑いの歌でありながら読者の対象をあらかじめ絞り込んであるのだ。

もう一つこの歌のポイントとなるのは、「うんこ」という言葉そのものだろう。このようなあまり品がいいとは言えない幼児語をもってきてはしゃぐことそのものが、あらかじめ幼年偽装がなされていることを示唆している。このような語彙を使った歌は穂村には多い。

ぶら下がる受話器に向けてぶちまけたげろの内容叫び続ける
ねむりながら笑うおまえの好物は天使のちんこみたいなマカロニ
サバンナの象のうんこよ聞いてくれだるいせつないこわいさみしい

このような語彙を用いる裏には、社会への怯えと成長への拒否という心理が少なからず込められているように思える。特に三首目に「象」と「うんこ」という二つのモチーフの重なりがみられる点に顕著だ。「だるいせつないこわいさみしい」という感情の決壊には、いつまでも「うんこ」という語彙で無邪気に笑っていられなくなるということへの怯えがある。

掲出歌は「チェシャ・キャッツ・バトル・ロイヤル」という一連の中に収められている一首である。この一連の歌はすべてカッコ書きに括られている。つまり、他者（おそらくは恋人）の言葉の引用という形でもって表現されている。「チェシャ猫」という名前がタイトルに冠されていることからも、「子供の世界」という世界観を意識していることがわかる。自分は大人になっていくことへの怯えと悲しみでいっぱいになっているけれど、目の前にいる恋人は無邪気にアニメのダンボの話をする。作中主体はおそらく、そこにいつまでも子供の世界を保ち続ける恋人への愛を感じ、同時に自分との間の悲しいまでの隔たりをも感じたのだと思う。

ちなみにこの「チェシャ・キャッツ・バトル・ロイヤル」の一連を締めくくる歌もまた、穂村弘の代表作のひとつである。

「自転車のサドルを高く上げるのが夏をむかえる準備のすべて」

（山田）

〈もちろんディズニーアニメでおなじみのダンボのことだが〉とありますが、まず、二次元のアニメ的なものはうんこをしないという前提ですよね。それを裏切るところに意味があるってことと、それから、上から象のうんこが降ってくるっていうのは、自分たちが爆撃されるようなイメージ。空中から落ちてくるから恐ろしい。ダンボもうんこをするのかとか、天使にもちんこがあるのかみたいな、そういう感覚がどうもあるみたいなんですね。マカロニが天使のちんこのようだというのは、はたしておいしそうなのかどうなのか微妙ですが。何だっけ、実際にスパゲティの細いのを「天使の髪の毛」とかいいますよね、それを見た時、マカロニもパスタだから、基本発想は同じだなって思いました。やはり見立てです。

《サバンナの象のうんこよ聞いてくれだるいせつないこわいさみしい》というのは、短歌のセオリーとして、「悲しい」とか「寂しい」とか直接表現は避けたほうがいいというのがあって、じゃあ、その逆をやってみようかなという、直接な感情を並べたらどうだろうみたいな。この歌を作ったあと、或る方から「象のうんこ入りの文鎮」というのをもらいました。なんかこう藁っぽいというか、あんまりうんこっぽくないんですよ。植物っぽくて、言われなきゃ象のうんことは思わない。あれはどこのお土産だったんだろう。

「チェシャ・キャッツ・バトル・ロイヤル」という章の歌は全部カギ括弧に入っていて、発話者が宙に消えて声だけが残っているようなイメージでこの章題をつけたんですが、その直後ぐらいに高口里純さんの漫画で『ロンリーキャッツ・バトルロイヤル』というのが本屋に並んでいるのをみて、一瞬どきっとした記憶があります。（穂村）

ほんとうにおれのもんかよ冷蔵庫の卵置き
場に落ちる涙は

ほんとうにおれのもんかよ冷蔵庫の卵置き場に落ちる涙は

『シンジケート』（1990）

歌意は平明で、冷蔵庫を開けたら卵置き場に涙が滴り落ちる。それも、自分のものとは信じられないほど無意識に流れ出した涙だったというもの。かなり哀愁に満ちた男くさい歌であり、かつ自己劇化の傾向が強い歌でもある。塚本邦雄や寺山修司らの前衛短歌を消化している穂村の歌は世界と〈私〉とを両方異化してしまうような演劇的な世界を構築する傾向にあるが、掲出歌は比較的〈私〉を取り巻く世界を異化せずに〈私〉自身を戯画化している傾向がある。

夕日の中をへんな男が歩いていった俗名山崎方代《ほうだい》である　山崎方代

自己戯画化の歌の極北ともいえる歌である。自分自身を「へんな男」「俗名山崎方代」など と徹底的に突き放して描いている。〈私〉と自分自身との間に距離をとり、〈私〉をキャラクター化してしまうのは無頼派歌人の得意とするところである。

掲出歌にもそんな無頼の香りにも似た哀愁と情けなさがある。しかし、普通は冷蔵庫に涙が落ちて初めて泣いていることに気付くようなことはありえない。ドラマのために話をオーバーにしているという側面がある。そこに巧みにリアリティをもたせているのが「卵置き場」という言葉であろう。どんな冷蔵庫にもついているが、普段は注意深く観察することがない、いわば意識の淵に入り込んでいるようなモチーフである。卵置き場には卵大の穴がたくさんあるが、それにはぽっかりと空いた心の穴がかかっている。また卵というモチーフ自体が「生殖」「壊れやすいもの」という意味合いをはらんでおり、そこに涙が落ちるというのは恋の終わりを寓意しているのだろうことがわかる。

ちなみにこの歌の面白いところは、「卵置き場」に卵が置いてあるのかどうかで解釈が分かれる点である。私ははじめて読んだ時からこの卵置き場には卵が入っておらず空っぽなのだと解釈していたが（「卵に落ちる涙」ではないから）、人によっては卵がしっかり揃えられた卵置き場をイメージすることもあるのだろう。（山田）

この歌については、以前、推敲の過程を自歌自註したことがあって、一番最初のかたちは初句二句が「春嵐遠く聞きつつ」だったんですが、それを「ほんとうにおれのもんかよ」に変えているんです。おそらくこの形じゃないと、あまり印象に残らなかっただろうな。「春嵐……」だと、現代短歌の或るパターンの歌、っていう感じになっちゃったんじゃないかなあ。日常語から入って「冷蔵庫の卵置き場に落ちる」に着地する、かなりうそっぽいバランス。そもそも不思議な場所ですよね。あの卵置き場、って。卵の形が前提になったかたち。自然物である卵の形に合わせて工業製品が作られているっていうことになんか妙な面白さがある。「世界を異化せずに〈私〉自身を戯画化」とあるけれど、僕の生理的な資質として異化せずにはものが言えないというところが昔からあって。最近書いているエッセイなんかでも、日常等身大のスタンスでの異化なんですよね。短歌もわりとそういうところがあって、完全な異化じゃなくて、なにか日常の上にそれが重なってくる。だからファンタジーは苦手なんです。完全に世界そのものが別立てで構成されるというのが苦手で、すごくベタな日常が異化されるということのほうに関心があるし、生理的にもそういう指向がある。だからエッセイなんかでも、よく「これは本当ですか、ウソですか」みたいに言われるんだけれど、本当とかウソとかじゃないわけですね、異化することが最初からのドライブ感として目的化しているわけだから。だから「あれはフィクションだ」と言われると、なんかちがうな、って思うんです。このひとは異化っていう生理衝動を知らないな、と。なんのためにそんなフィクションを書かなくてはいけないか、ということですよね、事実を事実のまま語りえないから異化衝動があるわけで。われわれが置かれている社会的な現場は、卵にとっての卵置き場ほどフィットしていないから、必ず違和がある。そのずれの感覚がひとりひとりのなかに蓄積されて、それが表現衝動の根っこにある。

フィットしていれば、その世界を異化しようという衝動って起こらないと思うんです。ただ自分では恋の歌っていう意識はあんまりなかったけどなあ。あと、こういう感覚がこの時期（80年代）流行ってた、というのもあるかな。『ブレードランナー』の「自分の命は自分のものなのか」という感覚、そのレプリカント的な感受性と親和的な時代だった気がする。人間の記憶を移植されて自分はピアノを弾けるんだけど、それがほんとうに自分が習ったものなのかどうかわからない、みたいなことですね。主人公のハリソン・フォードは人間で、レプリカントと恋に落ちて、その時、彼女がピアノを弾いてるのは確かに自分だけど「習ったのはタイレルの姪かもしれないわね」っていう台詞があって、それがなぜグッと来るかというと、本当には自分が自分のものではないという、その悲しみみたいな。それが増幅されてレプリカントに投影されてるだけで、人間の中にもそういうわからなさがあるっていうことですよね。歌の場合は、ドラマというほど前後に広がっていなくて、もっと瞬発的なものなんです。異化というのは、もっと非人間的なものなんですよね。でも、それを味わうことに多くの読者は慣れていないんです、ドラマ的人生的物語的な読みに慣らされているので。（穂村）

女の腹なぐり続けて夏のあさ朝顔《べんき》に転がる
黄緑の玉

女の腹なぐり続けて夏のあさ朝顔《べんき》に転がる黄緑の玉

『シンジケート』（1990）

穂村弘の歌には軽いサディズムを感じさせるものが多いが、直接的な暴力が描かれているものはほとんどない。そんな中、掲出歌は明らかに異彩を放っている。『シンジケート』を読み進めていても一際この歌の異常性が目に付く。女の腹をなぐり続けるのは、おそらくは堕胎させようとしているのだろう。そして自分に子供ができるということへの嫌悪感から吐き気を覚え、便器に向かって吐く。そのときに見えたのが黄緑の玉。便器に消臭剤として転がっている樟脳のことである。嗅覚に訴えかけることで作中主体のどうしようもない嫌悪感が伝わってくるのである。「便器」ではなく「朝顔」と形容するのは、あくまで現実を受け入れようとしない心の表現だろうか。

子供よりシンジケートをつくろうよ「壁に向かって手をあげなさい」

表題歌にもなっているこの歌で表明されているのは、家庭を持つことで自分たちの恋愛が社会性を帯びることの拒否である。これは『シンジケート』という歌集全体のベースに置かれているテーゼであり、己の存在が社会化してゆくことへの拒否と嫌悪の共同体こそがニューウェーブ短歌運動だったのかもしれない。「壁に向かって手をあげなさい」とはしゃいでいた季節が過ぎ、目の前の現実が襲いかかってきたときにどうなるか。「女の腹をなぐり続ける」という掲出歌は、その中の一つの言ってみればバッドエンドのようなかたちなのだろうか。

死のうかなと思いながらシーボルトの結婚式の写真みている
海にゆく約束ついに破られてミルクで廊下を磨く修道女《シスター》

掲出歌と同じ一連に含まれているこれらの歌も、「拒否と嫌悪の共同体」に属している歌である。「ミルクで廊下を磨く」という行為は悪臭を連想させる（牛乳を拭いた雑巾は臭くなるので）。穂村にとっての「嫌悪」の象徴が、いずれも嗅覚を通じて表現されていることも興味深いものがある。（山田）

こういう乱暴な歌はあまりないですけどね、僕には。トイレに、最近見ないけど、消臭剤の玉が転がっていることがあって、それが白い便器に対して黄緑とかのすごい毒々しい色だったりするんですよね。で、男性用の便器って朝顔っていうから、朝顔におしっこ、とか、朝顔の中にあんな黄緑の玉があるんだ、とか、そっちの印象がまずありました。それに対する対応として初句がある。でもやっぱり、潜在的にはこれは堕胎のイメージがあるんでしょうね。実際にそこに子供が宿っているかどうかは別として、そこに子供が宿るべきスペースの排除みたいな、そういう感覚はある。山田さんの読みでは「社会化される」ことへの恐怖みたいな読みが出てきて、まったく当時意識してなかったけど、改めて歌を見ると、やっぱりそれはすごくあるんだろうなと。結婚とか出産とか社会化されること、就職もそうですけど、就職、結婚、出産、それを祝福する世界みたいなものに対する恐怖感が、ずっとあるっていうことでしょうね。反転はしていても社会化された言説なんですよ。だから、こっちに読解のキーを求めるのは本当は正しくなくて、自分の中の生理的なメイン、歌のメインは、あの便器に黄緑の玉が転がっているとか、卵置き場に涙が落ちるっていう、その人生的な意味の介入を許さないほうになる。「ほんとうにおれのもんかよ」とか「女の腹なぐり続けて」っていうのは、その文脈でいうと本当にその意味性の介入を憎むのであれば、そちらにしか活路はない。だから、一見逆説なんだけど、比べれば、女の腹を殴り続けるほうが、子供を出産したりする世界に近いんです。ベクトルが逆なだけで。「ほんとうにおれのもんかよ」と疑ってるような真似をしてるけど、実際はそっちの言葉のほうが、涙というものに人間的価値を見出す世界の価値観に合致してるんですね。にもかかわらず、そこから遠ざかる言葉だけで、つまり黄緑の玉や卵置き場の涙だけで一首を組み立てると、うまくいかないんです。シンパシーとワンダーってことでいうと、「女の腹なぐり続けて」というのは、ベクトルが逆なだけでシンパシー言語なんですよね。反発も一種のシンパシーですから。そして、「朝顔《べんき》に転がる黄緑の玉」というのはワンダー寄りの部分。そこになぜワンダーがあるのかということを言語化するのは難しい。黄緑の玉が転がってると、ついそれをおしっこで狙ったりとか、ちょっとずつあれがちっちゃくなっていく感じとか、あれがあったからといって臭さは別に減らなくて、むしろ何か変なにおいになって二倍おかしいんじゃないかというのが消え切らない感じとか。あとはまあ、「夏のあさ」という季節感の歌だってこともあるでしょうね。現在の読者は、蟬の声がミーンミーンミーンってとこから入って人間同士がなんかやっていると、それは背景が蟬の啼く夏で、メインは人間同士のドラマにあるという、そういう世界像を見る癖がついているんだけど、そうじゃないこともあるんですね。短歌の場合はそもそもその季節が主題ってこともあるわけだし。でも、今はみんな人事を重く見る癖がついてるから、人間ドラマがすごく重いっていうふうに思うんじゃないかな。

それから、《子供よりシンジケートをつくろうよ「壁に向かって手をあげなさい」》の「シンジケート」って言葉は妙ですよね。違う言葉でもありうると思うんだけどあまりポピュラーな言葉じゃないし、なぜここで「シンジケート」だったのか、わからないですね、今となっては。「壁に向かって手をあげなさい」っていうのは、まあ、「FBIだ。壁に向かって手をあげろ」みたいなイメージなんだろうけど、でも、必ずしも接続してるわけじゃないよね。ホールドアップの場面でもないわけだから、なぜ下の句でそうなのか。だから、意外とこれわかんないね、自分でも。この歌は歌集を作る時、落とそうとしたんです。この歌も《サバンナの象のうんこよ聞いてくれだるいせつないこわいさみしい》の歌も、歌集の第一稿では落ちてたんじゃないかな。林あまりさんに原稿を見せたときに、それを入れなきゃダメだと言われて。そのとき、

「悪い歌が歌集に入ることより、いい歌を落とすことを恐れなさい」って言われて納得しました。僕もそのあとは、誰か新人にアドバイスを求められると、「誰かに一度でも引用された歌は全部入れるように」っていうふうに言ってます。でも、タイトルの歌って絶対タイトルの歌だって思って読まれるに決まってるから、それが気に入らないっていうのは、ちょっと嫌なことなんですよね。ただ、どの歌が注目されて人に知られていくかは、作者も選ぶことができないので。選ばれている、みんながよく知っている歌が必ずしも好きな歌ってわけじゃないですよね。この歌は本当は好きじゃないですね。好きじゃなかったから歌集から落とそうとしたんです。でも、誰かに引用されるとか、とり上げられて褒められるって、すごく「選べない」ことなんだよね。だから、そこで他者の判断やその偶然性にチップを張るというのは、けっこう重要なことで、そういう偶然性を排除しちゃうと、新しい地名が全部「ナントカが丘」になっちゃうみたいな現象が起きたり、ペンネームに全部「月」っていう言葉が入ってくるみたいな現象が起きたり、人間の意識の幅ってあまりないんだよね。だから、子供の名付けの話で、出産後に、友だちが初めてお見舞いに来てくれて、その時、友だちがエリカの花を持ってきてくれて、その赤ちゃんが初めて見た花がエリカだったからえりかという名前にしたみたいなエピソードを聞くと、非常に腑に落ちるというか、そういう偶然性ですよね。それは、まさに祝福じゃないですか。そうすると、その子はそのあとエリカの花を見るたびに、自分が祝福されてこの世に生まれてきたっていうことを追認するということになる。人間はやっぱりそういう偶然性に守られないとまずいと思うんです。頭の中で考えたすごくかっこいい名前とかかっこいい地名が、逆に無意味でダサい感じがするのは、その偶然性に対する感度を欠いているからだという気がしますね。だから、表現の場合、どこまでも自己責任の追求というのもある反面、その偶然性に対するオープンマインド感がないといけないから、相反するベクトルが作業の中に要求されるということがある。水原紫苑さんが最初の歌集を出した時、或る大先輩歌人に見せたら、丁寧にその歌集を読んでくれて、何を見てるのかと思ったら、或る単語の横にルビが振ってあったんだけど、そのルビの間隔が均等じゃなかったのね。それを、「これも一種の誤植だ」って彼が言って、それで「誤植のない本はダメだっていうから、これでこの本は大丈夫です」っていうことがあったそうで、非常に逆説的なんだけど、何かすごくそれは、本質を突いていると思う。誤植がないことを目指すにもかかわらず、誤植があることで最後の完成が見える、みたいな。昔は子供の名前に、これは或る漫画家さんがこのあいだ話していたんだけど、「うんこ」とか「おしっこ」みたいな意味の名前をつけていた時代があって、それは、いい名前をつけると死の神にさらわれるというから、幼名はすごく汚い変な名前をつけて、途中で免疫がほぼ揃ってきた六歳とかぐらいに名前を変えるという話です。これも腑に落ちますね。なんか今の流行りの名前とか地名って、そういう恐れをすごく欠いていると思う。そうなると、やはり凡庸なところに人間の創作力は着地するなっていうことを経験的に思うんですよ。だから、単純だけど親の名前を一字取るとかね、そういうのってやっぱり、選べない条件を呑むということですよね。もともと人間はいつ死ぬかわからないという、最大のマイナス条件を呑まされてるわけで。でも、それが人間のすべての意味性を支えていて、それが輝きや尊厳をやっぱり支えているという構造がある。スポーツの選手とかが体調が万全だった時にかぎって負けたりするじゃない。漫画の描き手も描きたいものを好きなように描いていいってなった時、最高傑作は案外生まれないとか。こわいけど面白いよね。

　黒岩重吾の何か小説を読んでいた時、筋とは何も関係ないとこなんだけど、バーのママが店の名前を決めかねてる時に、パトロンのおじさんがそのママが考えた名前にダメ出しをして、こんな凝った名前はダメで、ルナとかそういう単純なものにしなきゃダメだと言うんです。その店が一流になった時を考えろと言って、店が一流になった時、ルナみたいな単純な名前がすごくいいものにみえるんだと。でも、それをナントカナントカノナントカみたいに長くて意味性が入った名前だとお里が知れるというかね、なんかかっこわるい。「あのルナ」って言われるようになった時その単純さが効くんだという。説得力があると思いました。（穂村）

ウエディングドレス屋のショーウインドウに
ヘレン・ケラーの無数の指紋

ウエディングドレス屋のショーウインドウにヘレン・ケラーの無数の指紋

『ラインマーカーズ』（2003）

『手紙魔まみ』あたりから穂村が追求するようになった素材として、ホラー・グロテスクというのがあげられる。『手紙魔まみ』はタカノ綾によるキッチュでエログロなイラストが添えられているし、2008年の短歌研究賞受賞作となった「楽しい一日」に描かれている昭和ノスタルジーも、時代の闇を覆い隠すあまりにかえって闇がこぼれ落ちているようなグロテスクな側面がある。掲出歌もまた、穂村の心に潜む闇がポップに処理された一首だ。

ウエディングドレスの飾られたショーウインドウに、生涯独身だったヘレン・ケラーの霊が降りてきて、べったりと指紋がつくまで眺めていたのだ。不思議なことに、どこにもそうは書かれていないのに、歌の舞台は夜で、ヘレン・ケラーは実体がない幽霊のような存在に思えてくる。別に生前のヘレン・ケラーがショーウインドウを眺めていたって構わないのに。しかし実際のところへレン・ケラーはウエディングドレスを見ることもウインドウショッピングを楽しむこともできなかった存在なのであり、重い障害に打ち勝った（とみなされている）人物だって本当はごく平凡な幸福に憧れていたのだろうという想像が歌の背景にある。「無数の指紋」に託されているのは、穂村が思いを馳せたヘレン・ケラーの孤独である。またその裏側には、平凡な幸福が叶わなかった自分自身への思いもあるのだろう。

生まれたての仔猫の青い目のなかでぴちぴち跳ねている寄生虫
バットマン交通事故死同乗者ロビン永久記憶喪失

掲出歌の含まれた一連「蛸足配線」には、こういったそれとない悪意の込められた歌がしばしば混じっているのがどきっとさせられる点である。生まれたての仔猫が破滅へ導かれる序章である寄生虫。ヒーローであるバットマンの事故死。こういった悪意の歌をもポップに変えてしまえるのが穂村弘という歌人の面目躍如である。(山田)

これは他ジャンルの影響を感じる歌ですね、ホラー映画とか、そういうイメージ。ベースになっているのは憧れなのに、なぜかホラーっぽい。結婚に対する憧れはあるのに、それはショーウインドウの向こうだから、中には入れなくて、そのガラスに指紋がいっぱい付いている。それがなぜヘレン・ケラーのだとわかるのかは、もう神の視点で、だから、いわゆる短歌の一人称ではなくて、世界全体を支配している神の視点なんですね。ヘレン・ケラーという人名の持っている情報量に依存した歌です。もしかしたら彼女には結婚は夢のまた夢でもあったかもしれない、というイメージです。それを本体でなく指紋だけを出すところに、ホラー性があるということなんですが。もうひとつの《バットマン交通事故死同乗者ロビン永久記憶喪失》というのも、バットモービルというあのいかにも事故を起こしたら死にそうな車に二人は乗っている、ということと、もう一つは、二人がなんかゲイっぽい恋愛を想起させるということですよね。非常に優秀でどこか怪しいボスと、なんか微妙に童貞っぽい雰囲気のある美形の青年、というイメージで、その二人がある偶発の事故に巻き込まれて、バットマンの方は死んじゃう。そしてロビンの方は死にはしないけれど、永久に記憶を失って、最愛のバットマンのことを忘れてしまう——という歌です。これは、片方が死んで、片方が記憶喪失、そうすると二人の愛の行方はどうなるんだろう、という思考実験みたいなことなんだけど、生身の人間では、そこまで運命を手玉にとるような短歌は作りにくい。ヘレン・ケラーだって、彼女を馬鹿にしてんのかっていうひとがいないとは限らないけれど、もはや代名詞的な、象徴的存在だからね。ヘレン・ケラーも、バットマンも、ロビンも、象徴的な存在として警官や神父と同じようなもので、歌のなかではその記号性を使って愛とか憧れという普遍的な概念を試すような、そういう遊びをしている。

《生まれたての仔猫の青い目のなかでぴちぴち跳ねている寄生虫》は、実際そういうことがある、って聞いたことがあります。現世において罪のない、何も悪いことをしていない無垢な存在に下された罰のような。なぜ神はそんなことをするんだろう、と。（穂村）

オール５の転校生がやってきて弁当がサンドイッチって噂

オール5の転校生がやってきて弁当がサンドイッチって噂

「楽しい一日」(「短歌研究」2007年2月号)

近年の穂村作品に特徴的な、昭和ノスタルジー風の歌である。笹公人は歌集『抒情の奇妙な冒険』にて、実際の作者より年長である四十代半ばの人物を〈私〉に設定して昭和を回顧するという態の試みを行っている。穂村の場合本人がその世代であり、自分自身の経験に基づいた懐古調である。しかしそれにもかかわらずどこか嘘めいていてグロテスクな雰囲気があるのは、穂村の表現が意図的にリアリティを削ぎ落としており、サブカルチャーなどで既視感のある描写を詰め込もうとしているからだろう。

掲出歌の転校生は、いかにも古い漫画に出てくるような人物造型である。サンドイッチを弁当にするオール5の転校生は欧米型の消費主義的な都市文化の象徴であり、それがやってくるということはすなわち未知の文化の襲来である。近年の穂村の問題意識は「昭和＝戦後とはいかなる時代であったか」という点にあり、それは穂村の第一歌集『シンジケート』がバブル期のアメリカ的大量消費文化の申し子のような部分を持っていたことに対する決算といった側面がある。

みっつ通った小学校の校歌らが不意の同時に流れはじめる

母のいない桜の季節父のために買う簡単な携帯電話

「楽しい一日」の一連は時間軸がバラバラになっており、過去の回想にときおり現在の状況が混じっている。「みっつ通った小学校の校歌」は、転勤族という高度成長期が生み出したひずみのような人種を描き出している。やがて母親は亡くなり、戦後復興のため必死に働いた父親は年老いて携帯電話の進化についていけなくなっている。資本主義の可能性を信じ続けてきた両親の戦後と、消費主義にまみれた自分自身の戦後。穂村はその対比に思いを馳せたうえで、たとえばサンドイッチを弁当にする転校生に抱いたような、消費主義による文化的侵略への怯えを取り戻せないかと心のどこかで思っているのだろう。（山田）

これは、昭和という時代背景がわからないとニュアンスが伝わらないかな。「オール５」という言葉、もう死語かもしれない。いまは、通知表のシステムがちがっていて、分からないかもしれないけれど、僕らの頃は五段階評価で、「オール５」はとても優秀な生徒、という意味です。生活圏で「オール５」という言葉の流通していた時期は意外と短かったのかもしれない。なんでオール、って英語なんだよ、っていうのも変ですよね。この時代はそう言っていましたよね、でも、変な言い方ですよね。もっと昔は「全甲」とかかな。この背景がないと、「弁当がサンドイッチって噂」のサンドイッチのハイカラ感が伝わらない。「謎の天才転校生、なんとサンドイッチが弁当」みたいなニュアンスです。全体に昭和の臭いがしますね。当時の実感そのままに書くと、いまでは、まさに昭和ノスタルジーになるんですね。学校というのは変な共同体だから、情報が伝わるのが速いっていえば速いんだけれど、独特の空間ですよね。「オール５な上に弁当がサンドイッチなんだってよ」みたいな伝わり方をして、どこまで信憑性があるのか、そのへんもちょっと怪しい、そういう感じです。

《みっつ通った小学校の校歌らが不意の同時に流れはじめる》というのは、僕は小学校を三つ転校しているので、こういう実感があるんです。山田さんが書いてるけど、昭和って一体何だったんだろうっていう感じが、最近強くなってきていて、例えば僕らがずっと座ってた学校のあの椅子がね、誰か外国の人が「こんなひどいものに成長期の子供が座らされているなんて拷問だ」と言ってるのを見たことがあってびっくりした。全然そんなこと思わなかったじゃない。何の疑問もなくあの椅子に座ってたから。でも、選べないわけだよね。疑問も湧かないほど選択の余地がなかったから。それが突然、自分が大人になってから、「こんなのに座らされていた子供はかわいそう」みたいに言われると、ぎょっとするというか。結局、二十歳の人間と四十歳の人間と何が違うかといったら、自分の中に歴史があるかないかなんですよね。二十歳の人間は四十歳の人間の半分歴史があることは全然なくて、歴史ってまだそのころはないんですよ、やっぱり。ある時から自分の中に歴史の発生を感じるということがあって、体感の変化をすごく生み出す。それが言語表現にも否応なく反映しているということですよね。その時は何とも思っていない。何の疑問もない。だから、当時全く普通だったことが、例えば浮浪者みたいなおじさんと子供たちが一緒に野球して遊んでいるとかね、今ありえないよね。今そんなことがあったら警察が来る。そうすると、その部分では現代は敗北しているんですよね。死刑とかも昔より軽い行動で死刑になりやすいというのは、より社会の敗北度が増しているとも言えるわけで。憎しみを解くことができないってことなんだから、殺して安心するしかないっていうのは、人類がそのレベルでしかないという。基本的には僕は、一番自分としては幸福な時代に生まれたと思う。それより前でもあとでもダメで、まさにドンピシャなところに生まれたということが前提なんだけど、だから、そういう意味でのルサンチマンがあるわけじゃないんだけども、だからといって相対化がないわけじゃなくて、あの明るい夢プロジェクトは何だったんだろうとか、もう月へは行かなくてもいいのか、みたいな感じとか。僕が中学ぐらいの頃は、筒井康隆ってとんでもない世界を書く人って感じだったのに、今まったく同じメンタリティで同じように書いてるものがリアル小説みたいに見えてくる。世界の筒井康隆化、短歌の世界でいえば塚本邦雄化ってことになるわけだけど。非常にアイロニカルで、だからこそヒューマンだったたってことですね。（穂村）

カブトムシのゼリーを食べた辻一朗くんがに
こにこ近づいてくる

カブトムシのゼリーを食べた辻一朗くんがにこにこ近づいてくる

「ここを千切ろう」(「短歌」２００６年11月号)

辻一朗は穂村弘の本名である。短歌年鑑の歌人名簿にも載っているので別に隠してはいない事実……だと思う。しかし知っている人と知らない人とでは相当読みが変わってくるだろう。「辻一朗って誰だよ」という話にもなってくる。

これは悪夢の中の風景のようである。カブトムシのゼリーを食べている時点で、見た目が「辻一朗」であってもそれはもはや人間ではない。虫である。それがにこにこ近づいてくるのだから、不気味で怖いことこのうえない。この歌の中の〈私〉が穂村弘であるのならば、それは自分自身、それも本名を使っているのだから、普段はあまり人前に出さないような限りなく素顔に近い自分自身が近づいてくることになる。あるいは、こうも考えられる。まだ「穂村弘」というペンネームをつける前の過去の自分が（おそらくはカブトムシを飼ったりしていたような少年時代の）にこにこと近づいてくる。にこにこしていても何やら不穏な雰囲気がある。肥大化してゆく「穂村弘」という人物像を客観的に眺めたうえで、普段隠している〈私〉や、過去の〈私〉に復讐されようとしている。

札幌局ラジオバイトの辻くんを映し続ける銀盆を抱く

もう一首、本名が出てくる歌がある。おそらくまだ穂村が短歌を始める前の「辻くん」だった頃の姿だ。それを映し続ける銀盆。屈折率が高く、まともに映してはくれない。ラジオ局という情報をよりクリアに遠くへと届けようとする場所に、すぐ近くの物さえ歪ませて映し出す銀盆がある。遠くへ遠くへと拡散してゆく「穂村弘」という虚像と、歪み続ける「辻一朗」の実像。穂村はその狭間にてひたすら考え続けるのだ。こういう自分を突き放したようなスタイルでしか〈私〉の分裂を表現できないのが、現代のリアルの一端なのだ。（山田）

この歌には自分の本名を入れています。ずっと会社員をやっていた関係で、本名の自分の世界とペンネームの自分の世界があって、パラレルワールドみたいな感覚だったんです。会社で上司に叱られたあと雑誌の対談、みたいなことがよくありました（笑）。同じ人間なのに扱われ方がまったく違う。イラストレーターの寺田克也さんと作った本があるんですが、打ち合わせの時、「会社では何やってるんですか」って聞かれて「総務課長です」って言ったら、彼はびっくりしたみたいで、「じゃ、『課長』というタイトルにしましょう」と。中身は全然そんな話じゃないのですが。山田さんが書いているように〈ペンネームをつける前〉の自分。この歌に関して言うと、子どもの頃の自分ですね。「カブトムシのゼリー」っていうのは、カブトムシ用の栄養ゼリーみたいなものがあるんです。それに顔をうずめて食べている。で、大人になって会社に行ったりものを書いたりするような世界では、もうそういうものは全然存在しないんだけど、だから、子どもの頃の、まだ自分がペンネームをつけてものを書くということを全然知らない過去の自分が無邪気に近づいてくるようなイメージですね。過去に問いかけられるような。ある時期から僕は昭和みたいな過去にこだわる歌をよく作るようになりましたが、これもそのバリエーションです。いくつか時間の分岐点みたいなものがあって、その一つを選び続けて今の状況があるわけだけど、そうじゃないほうに行っていたらどうだったんだろうみたいなことを、それぞれの世代や立場で考えるときがあると思うんです。学生運動というものがもしああいう結末でなければどうなっていたかをあの世代の人は当然考えるだろうし、自分が戦って敗戦を体験した人は、「もし勝っていたら」とか、あるいはそれより前の人は、「もし戦争に突入しなければ」みたいなこととか、いくつかの分岐点があると思う。僕らの世代にはそこまではっきりした感覚はないんですが、その分「なぜこういうことになったんだ？」という不明感があって。分岐以前の自分に問いかけられるみたいなイメージです。《札幌局ラジオバイトの辻くんを映し続ける銀盆を抱く》というのも過去の自分です。アルバイトの自分がエレベーターの中で食堂のウエイトレスと乗り合わせるみたいなイメージなんです。前の歌と何が違うかというと、この歌は『手紙魔まみ、夏の引越し（ウサギ連れ）』という歌集に入っている。主体は、ウエイトレスをやっていた「まみ」のほうなんです。自分というものは見えてなくて、その鏡みたいな銀盆に映っている時初めて見えるみたいな、そういう主体の反射があるってことと、あと、これは「映し続ける」だから、そのあと僕は自分にペンネームをつけて穂村弘という人になったけれど、パラレルワールドのもう一つの世界ではいまだに辻君のまま、その銀盆に映され続けている自分というものがいたはずだと。ある分岐点で、もしあの時ペンネームをつけていなくて、そのままバイトしていた会社に就職していたら、どうなっていたんだろう、と。

実際にはバイトをしていたのは東京だったんですけどね。ただ、僕もまみちゃん（のイメージモデルの雪舟えまさん）も出身が札幌で。だから、なんとなく札幌の「あの時、札幌で就職していたら」という感覚もありました。

カブトムシが宝物だった頃の自分とか、学生だった頃の自分の感覚って誰しもあるものだと思いますが、僕はとりわけそこに思い入れが強いと思いますね。幼児期の自分と学生の頃の自分に対する執着です。大人になったことを喜ぶってタイプがいるじゃないですか。学生より社会人のほうが好きっていう人がいますよね。僕はそうじゃなかったですね。仕事っていうものが非常に嫌で、ずっと学生でいたいというモラトリアムに対する執着が強いタイプで、今でも職業的プロ意識にこだわる人と出会うとひるむ（笑）。「お金って便宜的なものじゃないの？」

みたいな感覚がやっぱりありますね。

お金も一つのアイディアに過ぎなくて、別のアイディアもありえただろうと思いますが、今の世の中においてはあまりにも強い支配力を持っている。一つのアイディアだなんてことは通用しないぐらいの死活問題ですよね。でも、それが死活問題だと思うからそうなるので、地球人の多くの総意でそうなっているだけで、全員がどうでもいいと一斉に思えば、かなり違う感じになるでしょう。その意味では、ラブ&ピースの時代の世界像みたいなものとか別なアイディアもあったんじゃないか、と僕は思いがちなんですね。現実的に毎朝起きて満員電車に乗ってみたいなことが苦しいっていうのはやっぱりあります。それを先に何十年もやった人はそれがアイデンティティになるから、「それができない弱虫め」みたいな感じの、「おまえだって給料もらっているんだろう」という恫喝があるんですよね。それはどうも受け入れにくいんだけど、受け入れにくいってことを言うカードがないわけですよ。何の実績も能力もないと、言えないですからね。そういう現実から降りられないんですよね。つまり、何をやってもお金を稼げるという自信があれば会社を辞めたりできるけど、自分はギリギリでこの会社に適応していると思うと、降りられない。早期退職を募ると、能力が高い人が先に手を挙げるけれど、ダメな人はしがみつくわけだから——僕はそちら側で、ここでダメだと、もうどこにも行けないなという感じがとてもありましたね。それでまあ、十七年会社に行っていたわけです。でも、最初に自分が直感した感じ方は変わらなかった。会社を辞めた時は、ちょうど年収の半分が原稿料という感じでしたが、もう続けられないと思って辞めたんです。だって、全員夜中まで残業してるのに、僕だけ定時に帰るというのは難しいんですよ。僕は総務にいたんだけど、例えば急に社長が倒れることだって考えられますよね。その日、たまたま講演があって、何

⑪ カブトムシのゼリーを食べた辻一朗くんがにこにこ近づいてくる

百人もの人が会場で待ってますという状況だったりしたら、もうお手上げだと思いましたから。（穂村）

ハーブティーにハーブ煮えつつ春の夜の嘘つきはどらえもんのはじまり

ハーブティーにハーブ煮えつつ春の夜の嘘つきはどらえもんのはじまり

『シンジケート』（１９９０）

有名な一首である。この歌のポイントは三つある。まず「嘘つきは泥棒のはじまり」と「どらえもん」との掛詞である点。次に「どらえもん」が「ドラえもん」ではなく平仮名表記である点。最後に日本語的には不用とも思える「ハーブ」のリフレインである。

この歌はこれらの歌と同じ一連に入っている。

ほんとうにおれのもんかよ冷蔵庫の卵置き場に落ちる涙は
サバンナの象のうんこよ聞いてくれだるいせつないこわいさみしい

ユーモラスな表現ながら、たまらないくらいの孤独感のある歌だ。掲出歌もこれらと同じ文脈上にあり、「寂しさ」の歌なのである。秘密道具でその場しのぎのような「救済」を与えてくれるドラえもんに、「のび太」のような少年だった穂村はどうにも偽善性を感じてしまうのだ。ドラえもんがやっていることは嘘で自分を慰めることと変わらないじゃないか、と。あまりそういう印象を与えないが、実は穂村はかなり嘘や偽善を嫌うタイプなのである。「どらえもん」という誤った表記になっているのもそのあたりに潜む悪意が絡んでいるのだろう。

しかしそのような表現ができるのもひとえにドラえもんというキャラクターそのものに強烈な象徴性があるからだろう。このように既成のキャラクターの持つ意味性を積極的に利用するというのは、そのキャラクターのビジュアルイメージを引き出したうえでの新しいメタファーの方法論だったといえる。

「ハーブティーにハーブ煮えつつ」というリフレインは、日本語的に考えれば同語反復のようなものであり、当たり前のことを言っているように思えてしまう。実際この部分は「序詞」でありほとんど意味がない。「春の夜の」へと連結してゆくためにハ音で頭韻を踏む、いわばリズムを整えるためだけの言葉である。しかし、ハーブティーによって喚起させられる感覚が嗅覚であるという点には注目すべき部分がある。穂村は「嫌悪」の感覚を嗅覚によって表現することが多いからだ。もちろんハーブティーの香りは悪臭ではなく心安らぐような良い香りであろう。だが、そのようなハーブの香りにもまた穂村は「嘘」を感じている。

「ハーブティー」の嗅覚から「どらえもん」の視覚的イメージへの移行をつないでいるのは「嘘」である。その場をしのぐためにごまかすような「嘘」を排斥しようという思いが、掲出歌には込められている。（山田）

この歌のテーマって季節感なんです。言いたいのは春の夜ってこんな感じっていうこと。「ハーブティー」「ハーブ」「春の」「はじまり」みたいに、ハ、ハ、ハ、ハの音で揃えてる。春の夜の感覚は、ドラえもんのポケットからは何でも出てくるというその全能感。春宵一刻値千金じゃないけど、そんなイメージなんですよね。で、「どらえもん」も、あのドラえもんとはちょっとやっぱり違ってしまっていて、だから、ひらがな表記なんです。春の夜に溶けかけてるような「どらえもん」というのかな。だから、山田さんの読みの通り、「ハーブティーにハーブ煮えつつ」というのは、実景である以上に「春の夜」を引き出すための序詞的な働きをしている。まったりした空気感みたいな。僕の体感では「春の夜」と「嘘」はわりと近しいものなんですよね。「嘘つきは泥棒のはじまり」だからね。「どろ」と「どら」が近いっていうだけなんですけどね。（穂村）

風の交叉点すれ違うとき心臓に全治二秒の
手傷を負えり

風の交叉点すれ違うとき心臓に全治二秒の手傷を負えり

『ドライ ドライ アイス』（1992）

全治二秒なんてほとんど無傷も同然だが、都市の中にいて一瞬胸がちくっとする現象をすぐれた言語感覚で言い換えている。人間の心の機微とは、そういうわずかな手傷の積み重ねなのだろう。

この歌の最大のポイントは、初句の破調である。わざわざ「風の」という言葉を付け加えてやや不自然な字余りをつくっている。この歌を音読するとき、「風の」の部分はさらっと弱く流すような感じになる。この弱さが重要であり、それこそが「風の交叉点」のイメージを音韻的にも形作っている。さらにただの交叉点ではなく「風の交叉点」とすることで閉塞感のある都市風景がいっきに開けたものとなる。ぱあっと世界を広げていく効果がこの破調にはある。「風の交叉点」という広々としたイメージの中で対比として「全治二秒の手傷」を置くことで、広すぎる世界の中でわずかな傷に苦しむ己のちっぽけさに気づくのである。

校庭の地ならし用のローラーに座れば世界中が夕焼け

洗車が終わった時は靴までびしょぬれで煙草の火だけ生きていました

⑬ 颪の交叉点すれ違うとき心臓に全治二秒の手傷を負えり

　同じ一連に入っている歌であるが、同様の対比が生きている。「校庭のローラー」と「世界中が夕焼け」、「靴までびしょぬれ」と「煙草の火」、どちらも大きなものの中にあるちっぽけなイメージが活写されている。「洗車が〜」の歌は掲出歌同様に初句字余りがあるが、「颪の交叉点」というさわやかなイメージとは違い、どちらかというとだらだらした印象を受ける。「一瞬で消える傷」というのは真昼間の鮮やかな幻としての「明」のイメージであるのに対し、「びしょぬれの中の煙草の火」は「暗」のイメージ。幻想的な闇の中を漂う光というイメージである。

　掲出歌が描く風景はとても輪郭がくっきりしており鮮明である。「颪の」を付け加えただけでいっきにビビッドな印象を強めた、かなり技巧的な歌だ。破調ひとつにも明確な修辞意図がみえる典型的な歌である。（山田）

山田さんはちゃんとわかって読んでくれてるけど、「風の」がなければちょうど五・七・五・七・七なんだよね。ということは、これはわざと「風の」をつけている。短歌にはそういうことがあって、僕が最初にそれを学んだのは、塚本邦雄の《おおはるかなる沖には雪のふるものを胡椒こぼれしあかときの皿》って歌があってね。これは「おお」を取れば、きっちり定型に収まるから、間違いなく最初の「おお」はわざとやってるんだ、と。逆に字足らずにする例もあって、『手紙魔まみ』の一番最初の歌で、《目覚めたら息まっしろで、これはもう、ほんかくてきよ、ほんかくてきよ》って歌があるんだけど、これは「ほんかくてきよ、ほんかくてきよ」ってやれば七・七になるのを「ほんかくてき」で止めてるから七・六になっている。でも、それは偶然であるはずがなくて、「ほんかくてきよ」と繰り返すだけで七・七になるのは誰の目にも明らかだから、やはり意図的なものなんだという。短歌はその形に合わせるためだけに定型が機能するんじゃなくて、定型を崩す時にも、その本来あるはずの枠が機能する。とにかく定型を守るってことだけが重要なんじゃないんですよね。それがあるということが重要。そのルールというか定型意識そのものが。そういうことって何でもありますよね。ファッションでも料理でも、これは本来こうだという原則の共有があれば、それが崩されているということが意味を生じるけど、その意識のない者にとっては、崩されてるってこと自体がわからないので意味をなさない。外国で珈琲でやったお茶会の記録とか読んだことあるけど、本来は珈琲じゃないってことを知っていると、ずいぶんかっこいいことをする人がいるんだなっていうふうにも思える。定型詩においては大きいことですね。一音の欠落や二音の過剰に意味を生じるということは、実際に記述される内容よりも、むしろ重要だって思います。

それから区切れの問題があります。例えば《恋人の恋人の恋人の恋人の恋人の恋人の死》という歌。これはちょうど三十一音なんですよ、数えると。だけど五・七・五・七・七で切ると「恋人の／恋人の恋／人の恋／人の恋人／の恋人の死」みたいにものすごく変になる。単に一行の文字として読むよりも、これが三十一音ピッタリで、意味と音の関係はメチャクチャで、そして最後の一音が「死」だということを意識して欲しいですね。（穂村）

指さしてごらん、なんでも教えるよ、それは
冷ぞう庫つめたい箱

指さしてごらん、なんでも教えるよ、それは冷ぞう庫つめたい箱

『ラインマーカーズ』（２００３）

「なんでも教えるよ」と言っていながら、まず教えるものは見ればわかるような冷蔵庫。しかも「冷ぞう庫」なんてひらがなまじりの表記でいまいち頭が悪そうな上に、「つめたい箱」というあまりにもそのまんまな解説が付される。しかし冷蔵庫を「つめたい箱」と言い換えることには確かにポエジーが漂っている。誰もが気付いているけれど当たり前すぎて見落としてきた言葉のはたらきを再認識させるのも詩の役割だ。冷蔵庫を「つめたい箱」と言い換えるだけで、つめたい箱という不自然な存在と、それに依存して生きている人間の姿がありありと浮かんでくる。大げさな物言いで当たり前のことを言ってみるのは、子どもが無邪気に社会の真理を言い当ててみせるようなものだ。曇りのない目だからこそ見えてくるものがある。これは「純粋な瞳の持ち主」を仮構した歌なのだろう。

月光よ　明智に化けて微笑めば明智夫人が微笑み返す
こんなめにきみを会わせる人間は、ぼくのほかにはありはしないよ

掲出歌の直前に置かれている二首である。これらの歌のモチーフになっているのは名探偵明

智小五郎と怪人二十面相が登場する少年探偵団シリーズである。穂村は幼少期にかなりの影響を受けたらしい。いずれも怪人二十面相を作中主体として仮構している。穂村が想定する二十面相の人物造形は、少年の心を失わない純真無垢な存在なのだろう。明智との対決も純粋に宿命のライバルとの知恵比べであり、彼に抱いている感情ももはや敵意を超えて親愛に近いものになっているのだ。

そして穂村の描く怪人二十面相のもう一つの特徴は、とてつもなく自信に充ち溢れていてプライドが高いことである。掲出歌の「なんでも教えるよ」というところには子どもっぽいとすらいえる全能感がみてとれる。これは「幼児的全能感の肥大化」と評された過去の自分の作品に対する自己批評といった側面があるのだろうか。本当は子どもっぽくて何も知らないくせに、やたらと自己意識は肥大化していて、それゆえに純粋で傷つきやすいから複数の「顔」を使い分けて自己防衛しようとする……そういった「怪人二十面相」の姿を自己投影し、純粋と無知のはざまに生きていた自分自身に思いをはせる。怪人二十面相に〈私〉を仮構するという試みを行うことで、逆説的に穂村弘という人間の実像が浮かび上がってくるようにも思えるのである。（山田）

「指差してごらん、なんでも教えるよ」と言いつつ、冷蔵庫の蔵がひらがなになっていたりするような心もとなさがあって、もちろん、或るイノセントな人の言葉なんだけど、背後にはもっとイノセントな存在がある。つまり、教えるほうだから、これは一応先生の立場なわけで。もうひとり生徒が隠されていて、もっと何も知らなくて、しかも、指をさすことでしかそれを示せないような存在だということですね。二人ともまだ地球に来て三日目くらいの感じっていうか。あとはなんか同性愛的だってことですかね。なんとなく僕の中では『エヴァンゲリオン』の中で碇シンジに向かって不思議に優しく語りかけるカヲル君って男の子がいるんだけど、あんなイメージで、「今、君はまだ自分の運命を知らないけれども」みたいな。あるいはヘッセの『デミアン』で、デミアンが主人公にそんな感じで語りかけるんだけど、僕の中にあったのは、萩尾望都とかヘッセとかそういうような同性愛的なイメージです。世界に二人きりみたいな。

後半に引用されてる明智と二十面相みたいなのは、二人とも天才なんだよね。敵同士でありながら、お互いの真価は二人にしかわからない。将棋とか数学とか、ものすごく高度な次元になると、真価がわかる人は世界に数人みたいになっていきますよね。そうなった時、その真価を知る者というのは、ある意味恋人とか奥さんよりもすごい魂の共有性がある。究極的には世界でたった一人しかその人の真価を見抜くことができないほどの天才を考えた場合、その二人はもう運命の二人だと。で、それが探偵と怪盗の場合、敵対関係にあるから、絆はより強い。『黒蜥蜴』なんてわざとそれを意図して女賊と明智小五郎で、二人は敵対関係で黒蜥蜴は明智を殺そうとするんだけど、実は明智が生きていることを知った時、歓喜の声を出すみたいな、そういう関係性ですね。これも社会化されない関係です。だから《月光よ　明智に化けて微笑めば明智夫人が微笑み返す》というのは一種の三角関係の歌で、二十面相と明智と明智夫人だよね。だけど、現実世界では明智は明智夫人と結ばれてるけど、魂の世界では自分こそが明智のパートナーであるという自負がある。江戸川乱歩のゲイ的な感覚はものすごく濃厚にあの作品世界に漂っています。

《こんなめにきみを会わせる人間は、ぼくのほかにはありはしないよ》っていうのは明智が言うんだよね。明智が怪盗のほうに言う。本来正義の味方というのは、怪盗に対してだけはすごい局所的悪人なわけで、そこがまたあの関係の興奮するところです。もう一つの三角関係として、明智と小林少年と二十面相というのがある。で、二十面相は小林少年を水責めにしたりいっぱいひどいことをするんだけど、何かの時に、二階に閉じ込めた小林少年が悲鳴をあげたことがあって、あわてて助けに行く、つまり殺そうとまでは思わないので、自分の予期せぬ事態があったと思ってあわてるんです。敵である二十面相が助けに飛び込むと、それは擬態で、小林少年が二十面相を部屋に閉じ込めるか何かするんです。その場面で、なんて小林は残酷なんだって思った。社会的には二十面相が悪で小林少年を閉じ込めるんだけど、心は二十面相のほうがきれいで、小林の悲鳴にたまらず飛び込んできたところを騙し討ちにするシーンです。二十面相は義賊ではないけれども、でも、いい感じで書かれてる。シャーロック・ホームズと宿敵モリアーティ教授とかも、最後は抱き合って、転げ合って、もつれ合いながら滝壺に落ちるんで、まあ、これも心中みたいな。やっぱり男同士の関係はもともと社会化されてないわけで、生産性がないから。種の繁殖にとってはね。なんか将棋とか指してても、勝率では自分が勝つんだけど、ある決定的な神に愛された一手を指せる人がいると、それに自分だけは気づいてしまってみたいな、そんな漫画を読んだことがあるけれども、そうすると真価を知っているのは自分だけで、自分さえ黙っていれば、何というか、この世では自分のほうがいいことになるけど、自分はその真価を知ってしまった苦悩みたいなのとか、そういうことって表現の世界ではあると思う。与謝野晶子が自分以上の潜在能力を持ってることに気づいてしまった時の与謝野鉄幹とかね。その場合もすごい苦しみがあると思うよね。与謝野鉄幹の「ああ晶子よ、君こそは現代の極東に於ける天成の叙情詩人なれ。何を以て斯く断ずるかと云うを要せず。君が既に出だせる一万首の歌・七百篇の詩は赫灼として之を説明せり。唯だ君を最も善く知り給いし森鷗外・上田敏の二家既に世を去り給い、極東に読詩眼ある批評家無き今日に於て、君の詩才の超凡を顕揚する人、寂としてその影を見ざるのみ。寛の乏しき歌は学びて後に纔《わず》かに之を得たるも、君は然らず。君の著想の富贍《ふせん》と、君の表現の自由と、併せて君の幽妙不可思議なる叡智より電撃的の神速を以て突発し来る。同じく栖むこと三十余年、常に共に筆を執る寛は、常に親しく観て、君の才の天上のものなるに驚歎し、寛の才の如きは地上一隅のものなるを思わざるは無し。寛は君の歌に触れて開眼せられ、君の創作の神与に由って激励せられしこと無量なり」って言葉は感動的です。

明智が「明七日こそは、両雄相闘うべき日である。余は断じてこの日限を延期することはない。来れ好敵手」みたいな挑戦状を受け取る。もうラブレターだよね、これは。「来れ好敵手」というのは、すごい誇り高いラブレターで、「余は断じてこの日限を延期することはない」っていうのは、絶対に君の信頼を裏切らないと言ってるようなもので。それで、実際、部屋の時計がその時間を過ぎて、「やっぱりハッタリでしたな」みたいに警部が言うと、でも、明智だけは信じてて、「まだ約束は破られていないような気がしてならないのです」とか言うと、「私だけは彼を信じている」と言ってるのとまったく同じで、もう完全に愛のメタファーですよね。

そのためには宝石とか、お嬢さんの身柄とか、この世の価値あるものは全部二人の関係性のダシになるようなもので、その証拠に『黒蜥蜴』の最後のシーンでは、「宝石が無事でよかったですな」みたいに警部か何かに言われると、黒蜥蜴は、女賊は毒を飲んで死んでいるから、「いえ、本物の宝石は死んでしまいました」って明智がそう言うところで終わるんです。乱歩にそういうものが入っているうえに、『黒蜥蜴』の舞台は脚本が三島だから超ロマンチックなんです。この世の価値を超越する価値の顕在化で、要するに宝石なんてどうでもいいわけで。で、俗物たちは宝石が無事だったことで「明智さん、ありがとう」みたいに言うけど、明智だけはすごい傷心を抱いて、ライバルの死を悼む。その純粋さ。極端なことを言えば、お互いの素顔すら知らないかもしれないわけで。二十面相なんかの場合はね。魂の唯一無二性をただ一人がわかるという、その憧れですね。（穂村）

ハロー　夜。ハロー　静かな霜柱。ハロー　カップヌードルの海老たち。

ハロー　夜。ハロー　静かな霜柱。ハロー　カップヌードルの海老たち。

『手紙魔まみ、夏の引越し(ウサギ連れ)』(2001)

この歌集を代表する一首である。不自然なくらいにひたすら優しい気分になって、とにかく何にでも語りかけるという状態が、「まみ」の不安定な精神を逆に照射している。「カップヌードルの海老たち」は「夜」や「静かな霜柱」と比べてはるかに人工的で、美しさにも欠ける代物である。そしてそれゆえに「見るものすべてに語りかけたい」という気持ちの表現になっている。《サバンナの象のうんこよ聞いてくれだるいせつないこわいさみしい》という歌も、できる限り誰にも関心を持たれないようなものに自分の気持ちをぶちまけたいという意志がはたらいている。それと近い心情が「カップヌードルの海老たち」には込められている。

さらば象さらば抹香鯨たち酔いて歌えど日は高きかも　　佐佐木幸綱

掲出歌から連想される歌としてしばしば引き合いに出されるのがこの歌である。「ハロー」と「さらば」でベクトルは逆であるが、構文自体は似通っている。佐佐木幸綱の歌は「象」「抹香鯨」というきわめて大きいモチーフを取り出している。おそらくは酔っぱらうことで自分が巨大な自然と一体化してゆき、象や抹香鯨すらもちっぽけなものになっていく心情が表現されているのだろう。

　掲出歌の場合、語りかける対象はどんどん縮小している。「まみ」の視界が狭まっており、小さなものしか見えなくなっていっていることがわかる。対象が小さく、具体的になっていくことは、徐々に精神が明晰になっていることでもある。明晰になるほどに「まみ」は寂しさに耐えられなくなってくる。より自分をわかってくれそうな小さなもの、弱いものへと語りかけるようになってくる。あらゆるものに「ハロー」と呼びかけ続ける「まみ」であるが、その相手は基本的に「陰」の性質を持つものばかりだし、呼びかけてもまず返事をしてもらえないものばかりだ。

　それでも「まみ」は「ハロー」を言い続ける。次第に明晰になっていく自分への恐怖を感じながらも、わかってくれる誰かを求めて呼びかけ続ける。それは、都市社会においてコミュニケーションを希求する孤独の表象なのである。（山田）

これも、神の視点みたいな感じなんですよね。実際には部屋の中にいるのかもしれないんだけど、「夜」「霜柱」「カップヌードルの海老たち」というこの三つに「ハロー」を言うということで、この組み合わせがすべてなんですが、ちょっとベタだけど、「カップヌードルの海老たち」は人類のイメージですかね、僕にとっては。だから、山田さんの読みでは、〈掲出歌の場合、語りかける対象はどんどん縮小している。「まみ」の視界が狭まっており、小さなものしか見えなくなっていっていることがわかる。〉とあるんだけど、僕の感覚ではね、これカメラが引いて行って——神の目とか宇宙飛行士の視界とかああいう感じなんですよね。だから、はじめは日常の「夜」とか「霜柱」とかなんだけど、「カップヌードル」は日常なんだけど、感覚的にはカメラを引いて神が地球の表面を眺めてるようなイメージで、そこには干からびたちっちゃいエビがいて、しかも熱湯をかけられちゃうみたいな。人類の宿命性みたいなイメージ。わりと宗教的なイメージの歌なんですね。男性のロジカルなＳＦとは違った意味で、女性の中にそういう宇宙感覚みたいなものを感じることがあって『手紙魔まみ』にはよく出てきます。（穂村）

「酔ってるの？　あたしが誰かわかってる？」

「ブーフーウーのウーじゃないかな」

「酔ってるの?あたしが誰かわかってる?」「ブーフーウーのウーじゃないかな」

『シンジケート』(1990)

穂村弘の代表作といえる一首であるが、これが代表とされている所以はまず会話体だということがあげられるだろう。『シンジケート』によくみられるのが、全編会話文のみで成り立っている歌である。それらはいずれも短歌の定型に見事に乗っているのであり、日本語という言語は会話においても偶然短歌の定型に接近する可能性があることを提起している。とりわけこの歌は二人の会話によって構成されているのだから、なおさら意識的である。おそらくこれは穂村なりの口語短歌論の実践的展開なのだ。

この「ブーフーウー」とはかつてNHKで放映していた「三匹の子豚」をモチーフにした着ぐるみ劇に登場する子豚兄弟の名前である。女性を子豚呼ばわりしてしまうなんて実にひどい態度であるが、まあ恋人同士ならではのからかいといちゃつきなのであろう。さて、この「ブーフーウー」、1960年から1967年にかけての放映というとても古い番組である。実際「ブーフーウー」は今や忘れられかけていて、穂村自身が「代表歌を一つ失おうとしている」と述べているのを読んだことがある。当然私も番組を知らず、この歌で初めてその存在を知ったくらいだ。では元ネタの「ブーフーウー」を知ったことでこの歌に対する印象が変わったかというと、まったく変わっていないのである。そもそも番組を見たことがないわけだし。元ネタである「三匹の子豚」は知っているけれど、そこからもあまり深い意味を汲み取ることはできそうにない。この歌のポイントはやはり、「ブーフーウー」が酔っ払いの呻き声にも聞こえること、呻いているようにみせかけて彼女を子豚呼ばわりして実ははっきり意識を持っていることをばらしてしまうという日常の中のどこかずれた一風景を活写してみせたことにあるのだと思う。

またこう考えることもできる。穂村ですらまだ五歳の時に終了した番組なのだから、彼女が多少年下だったら「ブーフーウー」を知らないことは十分に考えられる。だから彼女は自分が子豚呼ばわりされていることに気が付かず、「何をわけのわからないことを言っているんだろう」と戸惑ったりする。その戸惑う様を見て穂村は内心ほくそ笑んでいたのかもしれない。これは、テレビ番組が世代の差異を如実にあらわすくらいにまでテレビ文化が社会に根付いた時代性を反映しているともいえる。

穂村弘の歌にはライトなサディズム感覚が渦巻いているが、この歌もその一つと言えるのだろう。そして、それが景気昂揚期独特のはしゃぎムードと組み合わさったことで、このような面白くポップな歌に仕上がったのである。（山田）

これは恋愛的な、ふたりのじゃれ合いというのか睦言というのか、シンパシーの確認みたいな歌です。当時は「ブーフーウー」ってもっと盤石なもので、こんなに通じなくなるという予測がまずできなかった。山田さんも書いていますが、僕の世代ではドラえもんの歌と同じような感触でこの名前を使っていますが、今はこれが通じないですね。そうすると、歌の意味も当然通じ難い。もちろん豚だから揶揄しているってこともあるけど、これは真意としては、「ブーフーウー」の最も有名なエピソードって、「三匹の子豚」ってことを考えると、たしか狼が来たときに、ブーはわらの家を作っていて、フーは木の家を作っていて、ウーはレンガの家を作っていて、ウーの家は飛ばされなかったという寓話があって、要は一番賢いんだよね、ウーは。だから、これは豚なんだけど賢い豚だという、そこにシンパシーがあるし、まあ、可愛いイメージですから、スイート感がある（笑）。そこが恋愛なんです。

ロバート・B・パーカーという人の小説の中に、彼女が自分の彼氏のことを揶揄するシーンがあって、「愚かなロバ」だって言うんです、男のことを。そしたらその男が、「君がキスをしてくれれば、愚かなロバから王子様に変わる」みたいな、アメリカの小説ですからね、そういうことを言う。それで女の子は男にキスをして「失敗だわ」と言う。「あなたは相変わらず愚かなロバよ。でも、私のロバだわ」って。そのスイートなやりとりというのがあって（笑）、そういうニュアンスで、賢くてかわいい子豚でしたね。

普通の会話であると同時に自然な韻律であるというところがポイントで、トリッキーなものをやる時は逆に、リズムがピッタリじゃないとダメですよね。今これを作ったら、最初のクエスチョンマークのあとに半角アキを入れるでしょうね。このときにはその発想がなかったということですね。

「ブーフーウー」の作者は飯沢匡じゃなかったかなあ。いわさきちひろ美術館の職員募集の試験を受けた時、最終面接に飯沢匡さんが出てきた。一般企業に就職したくないからそこに行ったんですが、僕以外みんな女性で、最終面接まで行って落ちたんじゃなかったかなあ。今も美術館はありますけど、東京の西武線の沿線にあるんです。当時はご夫婦でやっていて館長が飯沢匡で、それで、いわさきちひろさんの旦那さんだった人、松本善明だっけ、国会議員の。その人も出てきて、「僕が誰だかわかりますか」と言われて、「わかりません」と答えた覚えがあります（笑）。変なこと言う人だなあって。誰だろう、この人、って思って。うちに帰ってそのことを父親に言ったら、「バカ、おまえ、松本善明を知らないのか」って。その二人の面接を受けた記憶がある。昭和六十二年かな、六十一年か。ずいぶん経ちましたね。まあ、そのぐらい一般企業に就職したくなかった。いわさきちひろ美術館で採用されていたら……全然違う未来で、予測がつかないですよね。でも、その時の試験問題の中に、「もし火事が発生した時、お客さんをどう誘導するか」みたいな質問があって、非常に現実というものを突き付けられた気がしました。まったく予想外の質問で。なんか「そういうことなのかー」って思って、ハードルを感じました。全然答が書けなかった記憶があります。

「ブーフーウー」という言葉は、シャンプーしている時に思いついたんですよね。なんか書き留めることができないような時に、言葉が出てくるみたいなことが多い気がします。ペンを握っているときには出てこなくて。髪洗ってる時が一番焦るじゃないですか。（穂村）

ゆめのなかの母は若くてわたくしは炬燵の
なかの火星探検

ゆめのなかの母は若くてわたくしは炬燵のなかの火星探検

「火星探検」（「短歌」2006年1月号）

この一連は母への挽歌であり、穂村弘という歌人の大きなターニング・ポイントになった作品である。おそらく次に刊行される歌集のハイライトになることと思う。穂村のエッセイを読んでみても、母への依存度が高い自分の姿が描かれている。なにしろ、ゴミをゴミ箱の方向へと投げるだけで母が片付けてくれるような家庭だったというし。そんなわけだから、母は非常に大きな存在だったのだろう。近年の穂村作品にみられるややグロテスクなノスタルジー路線も、この連作から始まっているともいえる。

「火星探検」とはすなわち、炬燵の中に潜り込んで遊んでいる幼少時の自分の姿である。炬燵の赤外線によってすべてが真っ赤に染まって見える世界がまるで火星のように思えた。それは子供の頃にしか見ることのできなかった世界であろう。

母の顔を囲んだアイスクリームらが天使に変わる炎のなかで
髪の毛をととのえながら歩きだす朱肉のような地面の上を

「火星」だけではなく、「炎」や「朱肉」といった赤のイメージを持つ言葉が氾濫する。これは火葬のイメージにつなげているのである。現実感を失ったふわふわした感覚の喩《ゆ》として、「朱肉のような地面」というのは素晴らしいリアリティをもっている。穂村の計算されつくした技巧が冴え、一連の世界全体が確実に炎のイメージへと向かってゆく。

幼少時の「わたくし」が炬燵の中の「火星探検」というごっこ遊びに興じていられたのは、母という偉大なる庇護者の存在があったからだろう。母の存在が「ゆめ」となって消失した現実の前でふらふらと歩き続ける穂村は、やがて自分が育ってきた昭和という時代を清算するべく少しねじれたノスタルジーを追求するようになる。それは失われた自分自身を探し求める旅なのである。（山田）

これは山田さんが書いているように母が亡くなった時の連作です。短歌においては挽歌っていうのは大きなカテゴリーですが、僕のような作風の者にとっては一種のハードルですね。現実に母が死んだことをどう短歌化するのかということに、単純に悼んでいいのかというような問題がありました。だから「火星探検」、というのは普通、挽歌のタイトルではありえないですよね。これは加藤治郎さんがどこかで指摘されていたと思うけど、そこで挽歌というものに対する対応を問われたことに対する反応がこのタイトルになったんでしょうね。

昔の炬燵ってなんか出っ張りがあって、網々の、その中が赤くて、みんなが膝をぶつけて、その網がゆがんだりなんかしているようなものでしたね。パチンパチンというスイッチが付いたコードが布でくるまれていたような。それで、板面の裏側には緑色の布のようなものが貼ってあって、そこでマージャンをやる。で、子供は必ず一度はその炬燵の中にもぐってみたりする。これもそういう昭和的な感じがもちろん強いわけですね。だから、お母さんが台所で夕餉のしたくをしている時に、僕は炬燵の中で火星探検という体感です。山田さんが書いてるとおりです。

それで、まあ本来、探検というのは世界の一番外側でするものなんだけど、それが家庭の守られた一番内側で行われているというような。家庭の中心部ですよね、炬燵というのは。自分用の炬燵ってことはなかったわけで、炬燵は必ず家庭の一家団欒の象徴みたいなものだった。その見立てもいろいろだと思いますが、赤いから火星というような感じです。で、次の二首もその連作の中にある歌で、「母の顔を囲んだアイスクリーム」というのは、これ比喩だと読まれることがあるのですが、実はそのまんま実景。うちの母親は糖尿病で亡くなったんですけど、甘いものがとっても好きで、もうこれで好きなだけ食べられるよ、というので、お棺の中にアイスクリームを入れたんですよね、本物の。それが何ていうか印象的で、アイスクリームが燃えるっていう感じに何かこう、ショックみたいなものを覚えたんです。母親と一緒にアイスクリームも燃えるというイメージをそのまま書いたんだけど、わりとそれは読み手には伝わらなかったみたいで、これは何かのメタファーだという読まれ方が多いですね。

次の歌も山田さんは「朱肉」とかの赤色に注目して読んでくださって、まあ、「炬燵」からいくとそれもあるんだけど、もう一つは感触ですね。母親が死んだあと、地面がふわふわするような現実感のない感じ。社会的には葬式とかやんなきゃいけないから、喪服着て髪を整えてみたいなことあるわけだけど、歩くと道がなんかふわふわするんですよね。自分を絶対的に支持する存在って、究極的には母親しかいないって気がしていて。殺人とか犯したりした時に、父親はやっぱり社会的な判断というものが機能としてあるから、時によっては子供の側に立たないことが十分ありうるわけですよね。でも、母親っていうのは、その社会的判断を超越した絶対性を持ってるところがあって、何人人を殺しても「○○ちゃんはいい子」みたいなメチャクチャな感じがあって、それは非常にはた迷惑なことなんだけど、一人の人間を支える上においては、幼少期においては絶対必要なエネルギーです。それがないと、大人になってからいざという時、自己肯定感が持ちえないみたいな気がします。僕はわりと過剰にそれを与えられたところがあるので、全能感が非常に強いんですね。そうすると、逆に挫折感も強くなるんだけど。だって全能なはずだと思っているのに、現実には自分が乗り越えられないことばっかりなわけで、そうすると、いちいちびっくりする。子供の頃にその種を埋め込まれるみたいなことがありました。だから、むしろ母親に対して邪険な態度を取ったりしましたね。だってそれとは別に自分の価値を生成しないと、社会は自分にお金をくれないし、女の子は自分に愛をくれないし、そのスキルや価値が証明されなくても無償の愛情をくれるのは親だけだから、それは邪魔なものに変わるでしょう、ある時から。自分を守っていた引力圏が今度は邪魔なものになる。動物の場合はもっと本能的にそれが起きるけど、人間の場合、ずっとその引力圏に留まろうと思えば留まれてしまうから、そうすると危険な感じになりますよね。でも、そうはいっても、実際、経済的に自立したり、母親とは別の異性の愛情を勝ち得たあとも、母親のその無償の愛情というのは閉まらない蛇口のような感じで、やっぱりどこかにあるんだよね。この世のどこかに自分に無償の愛を垂れ流している壊れた蛇口みたいなものがあるということ。それは嫌悪の対象でもあるんだけど、唯一無二の無反省な愛情でね。それが母親が死ぬとなくなるんですよ。この世のどこかに泉のように湧いていた無償の愛情が、ついに止まったという。ここから先はすべて、ちゃんとした査定を経なくてはいけないんだという（笑）。だから、これはその蛇口が閉まったというときの、ふわふわ感ですよね。地面がなんか急にふわふわするような。

今この歌を見ると、火星、というのも、ノスタルジックですよね、やっぱり。人類そのもののモードが変わってしまいましたよね。山田さんのここの読みは的確ですね、最後のところの。まあ、こういうことなんだろうと思います。〈失われた自分自身を探し求める〉旅という感じは、広くとれば、それは当然ありますよね。子供の頃住んでいた家を父と妻と三人で見に行きましたからね、二年ぐらい前に。若い人間はそんなこと考えないわけだから（笑）。父が元気なうちに見ておきたいみたいな感覚がありましたね。父を連れていかないと、自分は子供だったから、いろんな情報がなくて、「ここにこれがあったか」みたいなことがわからない。客観的には面白くも何ともない町の散歩なわけだけど、主観的には自分が幼児期にそこにいて、まあ、何度も引っ越してるんでね、そのあと訪れていないところを訪れるというのは、心の次元では旅、でしたね。けっこうちゃんと行き着けました。近所の表札を見ると、「まだこの人ここに住んでるんだ」みたいなことがあったりとか。だから、それを〈失われた自分自身を探し求める〉と言えば、そうだと思うけど、なんかいろんな感情がそこにはあるような気がしますが。まあ、面白いといえば面白いですよね。ちょっとしたイベントというか。記憶どおりのところもあれば、ずいぶん記憶と違う、距離感がなんか違う部分もあったり、このへんに友だちの家があったはずだというのが非常にずれていたりとか、なんかそういうずれみたいなものも面白いんです。（穂村）

超長期天気予報によれば我が一億年後の誕生日　曇り

超長期天気予報によれば我が一億年後の誕生日　曇り

『ラインマーカーズ』（２００３）

もともとこの歌は、高橋源一郎の小説『日本文学盛衰史』の中で石川啄木作の短歌という設定で提供された歌である。

自分が生きているわけもない一億年後の誕生日の天気を知ることはまったくのナンセンスである。しかし、そのナンセンスさに大きな魅力がある。この歌が実際に啄木を意識して作ったものなのかどうかはわからないが、少なくとも啄木はその身に降りかかる名誉を生前にはほとんど浴していない。二十代にして新聞歌壇の選者になれたほどなので決して悪くない人生だとは思うのだが、長生きしていたらあまりに高すぎた自尊心も少しは慰められたことだろうと思う。人間ひとりが生きている時間というのはあまりにはかない。十年後も百年後も一億年後もたいして変わらない。だからこそ、自分の一億年後の誕生日というのを空想する。誕生日とはすなわち自分がこの世に生を受けた日であり、自分という人間が始まった日である。自分が生きていない時代にもかかわらず、空想するのは自分に関係のある日なのだ。ここに、過剰すぎて持て余し気味の自意識がみてとれる。本当は一億年後の人類にも、自分を覚えていてもらいたいのだ。しかし生きている間は後世の自分の評価なんて知るべくもないから、自分の人生とはいったい何なのかとひとり煩悶するのである。その煩悶が、「曇り」というどんよりした天気に象徴されているのだ。快晴でもなければどしゃ降りでもない。いまいち見通しがよくわからない。そんな気分こそが「曇り」なのである。

穂村が啄木に自らを託す歌としてこれを選んだのは、「高すぎる自意識とプライド」という点こそが二人をつなぐ接点だと考えたからではないかと思う。一億年後も自分の名は世界に残っているような気がしてならないという素朴な実感もまた共有しているのだろうか。（山田）

これは僕のイメージではやっぱり、個としての人間の尊厳みたいなものですね。天気予報って人間が頑張って、神のサイコロ遊びみたいな天気を当てようとしてるんだけど、なかなか当たらない。まして超長期天気予報なんていうのは当たりっこない。だけど、人間はその方向に頑張るしかないみたいなところがあって、かつ、一億年後は生きてないわけです。でも、生きてなくても誕生日はあるだろう。僕が死んだあとも、五月二十一日は僕の誕生日だろうっていう。その永久欠番性ですよね。さっきの魂の唯一無二性を認め合う関係になぜ興奮するのかってこととも関わるんだけど、人は永久欠番だろうみたいな。一回生まれたら、死んでもいなくなっても、その人が生まれなかったことにはならない。消えないってことですね。その尊厳の表現として、これはやっぱり嵐とか晴れとかじゃダメ。ドラマ性のある天気ではダメなんです。稲妻とか、まして虹とか出るのは最悪で。やっぱりここは「曇り」じゃなきゃ。しかも、「一億年後の誕生日　晴れ」とかのほうが音数は合うわけ。「一億年の誕生日　虹」とか。「曇り」って字余りで、音ももやつくし、イメージももやつくんだけど、ここに神様に対する人間の尊厳の申し立てというか。曇りってね、なんかこう……。やっぱり虹とか晴れって神の恩寵みたいなイメージ。でも、人間はやっぱり曇りなんだと思う、存在として。曇りの時が重要というか。そんな人間観です。

誕生日の永久欠番、というなんかそういう感覚にちょっと惹かれるところがありますね。死んだあと幽霊として自分のとこに出てきたガールフレンドの髪型がなんか中途半端とかね、そういうことに対する憧れが何かありますね。その「曇り」とちょっと近い感じなんだけど、人間って髪型がいつもそうなるものじゃないのかな、と。髪型が中途半端な君が好きだっていうのは、僕の感覚ではとてもいい愛の言葉なんだよね。（穂村）

「腋の下をみせるざんす」と迫りつつキャデラック型チュッパチャップス

「腋の下をみせるざんす」と迫りつつキャデラック型チュッパチャップス

『ラインマーカーズ』（2003）

　穂村弘の歌の中でも今までほとんど引用されたことがないだろう歌を取り上げてみたいと思い、この歌を選んでみた。あまり取り上げられない理由は簡単で、非常に難解な歌だからである。なぜトニー谷口調なんだとか、キャデラック型のチュッパチャップスって何だとか、あまりに突っ込みどころが多い意味不明な歌である。しかし、無上に面白い。穂村はこの歌を自選五十首に選んだこともあるので、実は自信作らしい。

　この歌のポイントは「迫りつつ」の「つつ」であろう。この文脈では、キャデラック型チュッパチャップスが迫っているようにもとれるし、実は上句と下句がまったく切り離されている可能性もある。それぞれのポイントを押さえるのなら、「腋の下」はセクシャルなイメージの象徴だろうし、「キャデラック」「チュッパチャップス」はいかにもド派手でビビッドな西洋的イメージを醸し出すモチーフだろう。促音を多用した音韻も飛び跳ねるようで楽しい。こういった象徴性から導き出されるものを考えると、夢のような不思議な世界観の中で原色的な西洋的価値観に蹂躙されているような光景がイメージされてくる。チュッパチャップスのロゴマークデザイナーがダリだというのは有名な話だが、穂村が描きたかったのはそれこそダリ的な不条理の世界なのだろう（そういやダリとトニー谷は似ているような気がしないでもない）。

⑲「腋の下をみせるざんす」と迫りつつキャデラック型チュッパチャップス

「つつ」という曖昧な接続をされたことで、「腋の下をみせるざんす」というセクシャルながらも奇怪な命令の発し手ははっきりしないままになる。そして、ビビッドな「キャデラック型チュッパチャップス」と混ざり合ってゆく。そこから生まれてくるのは、姿の見えない不気味な何かに蹂躙されるまま西洋的価値観に染められていってしまう〈私〉のイメージである。ここでは「腋の下をみせるざんす」という声を発する誰かと〈私〉との関係は非対称なのだ。飛び跳ねるような楽しいリズムで不気味な不条理さを醸し出す。それこそが穂村の狙いなのだろう。（山田）

面白かったのは、山田さんの読みの中でチュッパチャップスのロゴデザインはダリだっていう薀蓄が書かれていて、で、「腋の下をみせるざんす」がトニー谷の口調だって書いてあって、〈そういやダリとトニー谷は似ている〉というところ。妙におかしかったな、これ。山田さんよくトニー谷なんて知ってたね。直接的には赤塚不二夫のイヤミというキャラクターのイメージかな。（穂村）

「その甘い考え好きよほらみてよ今夜の月はものすごいでぶ」

「その甘い考え好きよほらみてよ今夜の月はものすごいでぶ」

『ドライ ドライ アイス』（1992）

穂村弘お得意の会話体の歌である。この歌の妙味は「甘い考え」という否定されるべきものを「好きよ」とライトに肯定してみせたあとで、「今夜の月はものすごいでぶ」へとアクロバティックに展開していくところだろう。「デブ」ではなく「でぶ」なところも巧い。「でぶ」の方が、字面が丸くてころころと愛らしい印象がある。

この歌は「聖夜」と題された、クリスマスをテーマとした一連に置かれている。穂村はクリスマスが似合う歌人という稀有な存在でもある。この「聖夜」に登場する恋人達はクリスマスの甘い気分に浸かるどころか、サンタクロースを襲撃しようと計画をたてて笑い合ったりしている。その暴走しっぱなしのはしゃぎ具合はボニー&クライドをどこか連想させる。

トナカイがオーバーヒート起こすまで空を滑ろう盗んだ橇で

掲出歌のひとつ前にある歌がこれである。「甘い考え」とはサンタクロースの橇を盗んでトナカイを爆走させる計画なのか。しかしそれは「甘い」考えというよりは「ぶっ飛んだ」「現実性のない」考えだろう。それを「甘い」と言ってしまうのは、どこか浮世離れした感覚がある。この「聖夜」の一連にはイエス・キリストをはじめとしたキリスト教的権威を徹底的にこき下ろす歌が目立つ。「今夜の月はものすごいでぶ」という表現にも、月という神秘性のあるものを卑俗的なところに引きずり降ろそうという態度がみてとれる。

お遊戯がおぼえられない君のため瞬くだけでいい星の役
お遊戯がおぼえられない僕のため断くだけでいい馬の役

「聖夜」を締めるこの二首から導き出されるのは、「僕」と「君」が持っている社会からの落ちこぼれ感覚だろう。「甘い考え」が好きだというのは実は自分たち自身に向かっている言葉なのだ。いつまでも甘い考えを捨てられないから、お遊戯がおぼえられない子供のまま成長できなくなってしまっている。その現実をなめ合うような二人の関係が、「聖」の権威を否定する軽口へと結実しているのだろう。（山田）

これも全体として、山田さんの言う、「景気昂揚期独特のはしゃぎムード」、ですね。面白いですね。彼の読みの軸はそれと、社会適応に対する恐怖心というのがよく出てくるんだけど、このへんの歌は、そのとおりって感じがしますね。「その甘い考え好きよ」っていうのは、何かの台詞だったと思うんですよね。テレビの台詞だったかな。だから、一種の本歌取りみたいなもので、何かのコピーライティングだったかドラマの台詞だったか、このとおりじゃなかったかもしれないけど、甘い考えが好きだという逆説めいたものは自分のアイディアじゃなかった気がします。で、それに「今夜の月はものすごいでぶ」というのをつけ合わせた、という記憶があります。これもなんとなくその景気昂揚期の思い上がりのようなムードがあるのと同時に、本来「甘い考え」はそうは言っても通じないという社会通念に対する恐れと反発。それが二人の世界の中では合意として、その社会通念を認めないという、まあ、山田さんの読み通りですね、認めないという合意が二人の愛情の絆になっているという感じでしょうか。われわれが団塊の世代を見て、なんか批判的な気持ちを抱くように、バブル世代を見て、生まれた時から不景気な世代は、こういう言語を見ると違和感を持つだろうなというのは予測がつくし、僕もここまで行くとさすがに恥ずかしいわけだけど、でも、恥ずかしいことが、書けた時代だったんですよね。今は社会的な景気の問題もあると同時に、自分の内面的な生命力の衰退みたいなものがあるから、ここまでレートの高いテンパッたことは恥ずかしくてもう書けない。今書いたらちょっとヤバいという感じがありますね。そもそも自分が歌を選んでいたら、こういう歌は絶対入れない。恥ずかしいから（笑）。

トナカイの歌もあまりいい歌じゃないけど、要するに、生物を機械のように見ているんですよね。「オーバーヒート」という言い方は車とかに使う言葉だから、そこにも月を「でぶ」と言うような、ある種の無根拠な冒瀆性みたいなものがあって。月って崇高なものってことだからね。満月を「でぶ」と言ってしまう、その根拠のない上からな感じ。トナカイを「オーバーヒート」と言ってしまう、生命に対するある種の冒瀆みたいなものが、ベースになっています。サンタクロースの橇を盗んじゃうと自分以外のよい子たちはみんな困るわけで、そういうことを辞さないという思い上がりが基本になっている。でも、その背後にあるのは、このままでは自分たちは保たないということで、何かの逆転が起こらない限り、満月が崇高であり、よい子に贈り物が配られる世の中の規範というものが順守される世界の中においては、まあ、居場所がないってことです、「僕」と「君」には。だから、「お遊戯がおぼえられない君のため」なんです。主役にはなれない。星とか馬の役にしかなれないというような感覚がやっぱりあるんですね。で、その不能感が二人の関係性において共有されているから、このわれわれの親密さには唯一無二性があるというようなねじれがある。まあ、多かれ少なかれ、若い恋人同士が普通に持つものですけどね、夢を追いかける二人っていうのは、そういうものですからね。「お遊戯がおぼえられない」って、そういうことです。名刺交換ができないとかね（笑）。この「お遊戯」には、生誕劇っていうんだっけ、クリスマスの会でのあの劇のイメージもあります。

僕は上智に行ってたけど、神父がみんな人格者でも何でもないしね（笑）。でも、お坊さんに比べて、生臭坊主にあたるものは少ない印象がありますよね、つまり日本では自ら意識的にしか神父にはならないけど、仏教の場合はもうナチュラルに世襲だったりするから。でも、上智に入ったら、洗礼名がヨゼフだという友だちが教室に唾を吐いているのを見て、「ひでーな」と（笑）。（穂村）

A・Sは誰のイニシャルAsは砒素A・Sは誰のイニシャル

A・Sは誰のイニシャルAsは砒素A・Sは誰のイニシャル

『シンジケート』(1990)

前半と後半で同じフレーズが繰り返されている特徴的な一首である。Asとは砒素の化学記号であるが、世間一般では砒素というと、やはり毒物のイメージが圧倒的に強い。リフレインの間に砒素という毒物の名前を挟むことがとても効果的にはたらいている。さりげなく挟まれた砒素の名前のために、A・Sというイニシャルを持つ人もまた毒のある人物に感じられてくる。

水野君がこっそり伝える禁欲を表す科学教師のイニシャル　しんくわ

ここにいる、ここにはいない、イニシャルの仕組みがいまだよくわからない　鳴井有葉

論文にイニシャルだけで載っているH.M.氏の脳の断面　牧野芝草

これらは2004年の題詠マラソン(百首の題詠を集団でこなすというネット上の企画)の「イニシャル」という題で寄せられた歌であるが、「イニシャル」という言葉から広がっていくイメージの豊かさを思い知らされる。

㉑ A・Sは誰のイニシャルAsは砒素A・Sは誰のイニシャル

掲出歌においてはA・Sというイニシャルが重要な意味を持っているが、これが誰か特定の人物を指しているのかどうかはわからない。しかし直感的に思ったのは、女性の名前ではないかということだ。A・Sのやわらかな響きにどことなく女性的なものを感じる。「A・Sは誰のイニシャル」という言葉が繰り返されているが、先に出てくるものと後に出てくるものとではメジャーキーとマイナーキーのように響きが違う。砒素という言葉が同じものを転調させてしまったように感じるのだ。これは言葉というものが持っている力をあらためて思い知らせてくれる一首である。（山田）

山田さんがなんとなく女性のイニシャルのような気がすると書いていますが、当たりです。アズサスミヨシ、住吉あずさという人で、大学の同級生ですね。自己紹介か何かの時に、「アズサスミヨシはA・Sで、元素記号の砒素です」と言ったのが妙に印象深くて。確かこれ最初書いた時は、「A・Sは誰のイニシャルAsは砒素A・Sは君のイニシャル」ってしてたような気がするけど「君」じゃダメですね、やっぱり。そうするとただの恋愛の歌になっちゃうと思うから、それをもう一度「誰」に戻したんじゃなかったかな。そのほうがこの歌の場合はいいような気がしますね。これも後年の『手紙魔まみ』なんかの感覚にちょっと近いですかね。「まみ」が言いそうなことだな、という。そういう女性の感覚はやっぱり好きなんですね。エキセントリシティ。男性でもかまわないんだけど、やっぱり社会的なチューニング度みたいなことで、女性のほうにそのピュアさを僕は感じやすい。宇宙から宇宙人が来て、人類を代表して一人人間を出して、その人間の魂のレベルで人類の未来を決めるという審査みたいなのがあったら、やっぱり僕は女性を選ぶでしょうね、人類代表として。「男はやめとけ」って言うと思いますね。そのほうにその可能性を感じるってことです。女性の愛情を推進力にした宇宙船とか、以前に考えましたけど。（穂村）

氷からまみは生まれた。先生の星、すごく速く回るのね、大すき。

氷からまみは生まれた。先生の星、すごく速く回るのね、大すき。

『手紙魔まみ、夏の引越し（ウサギ連れ）』（2001）

この歌に登場する「先生」は連作のつながりなどから考えても誰のことか判然としない。「ほむほむ」（＝手紙を書いている相手である作者・穂村弘）かもしれないが、そう主張するに足る根拠には乏しい。唐突に登場したまったく関係ない人物かもしれない。

すぐ花を殺す左手　君なんて元からいないと先生は言う　　吉岡太朗

唐突にあらわれる「先生」というとこの歌もそうである。吉岡太朗は穂村弘の強い影響下にある歌人であるが、この「先生」はディストピアにあらわれた正体不明の権力者のような不気味な存在に思える。

掲出歌の「先生」は「まみ」に盲目的な愛を捧げられている存在であるが、「氷から生まれた」というところに「まみ」の孤独が描出されている。冷たい氷の世界から生まれた「まみ」の心には、いまもなお凍てついたままの何かが眠っている。「先生の星、すごく速く回るのね」という表現には、「先生と一緒にいると時間が早く過ぎるように感じる」という意味合いもあるのだろうが、『星の王子さま』のように「先生」がちょこんと星に乗っかっているようなイメージもなんとなくある。

早く速く生きてるうちに愛という言葉を使ってみたい、焦るわ

「まみ」の心に巣食う愛への渇望と焦燥感。星が「すごく速く回る」ことへ言葉にならないほどの愛情を告げる裏側には、どうしようもないほどの「まみ」の孤独と飢餓感があるのだろう。

（山田）

㉒ 氷からまみは生まれた。先生の星、すごく速く回るのね、大すき。

これは「先生」って言葉に着目した読みを山田さんがしてくれていて、吉岡さんの歌で《すぐ花を殺す左手　君なんて元からいないと先生は言う》。〈この「先生」はディストピアにあらわれた正体不明の権力者のような不気味な存在に思える。〉って、これ面白いですね。言われるとなるほどって思わせる読みですね。《氷からまみは生まれた。――》のほうの「先生」は、山田さんはそこまで特定してないんだけど、僕のイメージでは、これは精神科医でしたね。「まみ」が何か精神科医と話していて、他にも《大好きな先生が書いてくれたからMは愛するMのカルテを》って歌がある。カルテっていうのは、書く側は仕事として書いてるんだよね。だけど、このMはそれを何かこう、ラブレターのように感じるというのかな。大好きな先生が書いてくれたから。これも「まみ」っていうのをわざわざ「Mは愛するMのカルテを」みたいに自分でM化するところに、ちょっと病理的な感じっていうのがあるんだけど。先生のほうは「まみ」をクランケとして見ているんだけど、「まみ」のほうは「氷からまみは生まれた」というふうに言っていて、で、おそらく先生の力が及ばない、その「氷からまみは生まれた」という感覚のほうが勝《まさ》っているというのかな、「先生」の医師としての力よりも。でも、それとは別に、「先生の星、すごく速く回るのね」と、賞賛している。

星の歌ということだと《スパンコール、さわると実は★だった廻って●にみえてたんだね》っていう歌なんかは、かなり忠実に「まみ」の言葉を拾ってると思います。まみのモデルの雪舟えまさんの言葉そのものです。明らかに僕の感覚じゃないから。ただ、雪舟さん本人の歌集『たんぽるぽる』を読むとだいぶ違うね、「手紙魔まみ」とは。だから、やっぱり僕の好みで拾ってるんだなと改めて思いました。

医師としての職能や権限や、社会からの冷ややかなまなざしよりも、「氷からまみは生まれた」

㉒ 氷からまみは生まれた。先生の星、すごく速く回るのね、大すき。

という「まみ」の実感のほうが勝っていて、究極的には種の延命というか、人類自体にそれが意味を持つということが伝わらないといけない。このたわ言の中に、地球人にはわからなくても、ずっと進化した宇宙人から見れば地球人の最良の部分だといわれるものがなくてはいけないということですよね。もちろん、それは紙一重でしか成立しないようなものなんだけどね。そういう意識で、エキセントリシティに信憑性をあたえようとしています。(穂村)

冷蔵庫が息づく夜にお互いの本のページが
めくられる音

冷蔵庫が息づく夜にお互いの本のページがめくられる音

『ラインマーカーズ』（2003）

しずけさの美学にあふれた、大人の相聞歌といったていの歌である。『シンジケート』の頃のハイテンションな相聞とは一線を画した新たなるステージの創出が、とても静かに宣言された歌だったといえる。歌意は平明であり、静かな部屋で恋人がふたり、ひたすら本を読んでいる風景を叙景したものである。ふたりの間に会話はない。しかし会話以上に強い心のつながりが、「シャッ」というページをめくる小さな音からあふれ出てくるようである。そしてページをめくる短い音に対比されているのが冷蔵庫の音である。小さくて低い音が冷蔵庫からたえまなく流れ続けている。ページをめくる音が短いソリストならば、冷蔵庫の音は通奏低音だ。それを「息づく」と表現するところに詩のツボを押さえた感性が光る。

　ほんとうにおれのもんかよ冷蔵庫の卵置き場に落ちる涙は
　俺にも考えがあるぞと冷蔵庫のドア開け放てば凍ったキムコ

『シンジケート』に歌われる冷蔵庫はこういった使い方をされている。穂村が着目している属性は「冷たさ」「孤絶感」である。外界から閉ざされた冷たい世界。好景気の浮かれた時代の陰にあるものを、穂村はちゃんと見つめていた。そして現代の沈んだ空気のなかで、中年にさしかかった穂村は静穏な幸福というものの実体を少しずつつかみ始めたのだろう。賑やかな空気のなかでは気づかないけれど、確かにそこにあり続けるもの。幸福な生活のかけらとして冷蔵庫を象徴化させる視点をもつことができるようになったのだ。

ふたりで黙って読書を続けていられるという「幸福な生活」はいかにも文化系カップルという雰囲気である。ふたりが読んでいるのはどんな本なのか。同じ本の上下巻だったりするのだろうか。静かな空間であらわになる生活音というアイテムを見事に用いて日常の中の幸福をさらっと描ききった掲出歌は、近代短歌の良質な部分を濃厚に受け継いでいる一首のように感じられるのである。（山田）

これは地味ですけど、よく引かれる歌です。作った時はなぜこの歌がそんなによく引用されるのかわからないぐらい地味な感覚だったけど、まあ、恋愛のシンプルな歌で、やっぱりだんだん作るのが難しくなりますね。特徴としては、この二人は付き合い長いよねっていうことだよね。同じ部屋にいながら、同じ読書をしていながら、違う本を別々に読んでいる。これは付き合いが短いカップルはあまりやらないと思うね。でも、そのスイート感というか、一人でできることをわざわざ同じ部屋でする幸福感みたいなのってありますね。相手がシャッと本をめくる音だけが時々聞こえるという、ある種の幸福の状況。考えてみると、そういうのは僕の歌には珍しいかもしれないですね。もっと特異な状況を書きがちだから、そういう平穏な幸福みたいなものは珍しいのかもしれない。（穂村）

メガネドラッグで抱きあえば硝子扉の外は
かがやく風の屍

メガネドラッグで抱きあえば硝子扉の外はかがやく風の屍

高橋源一郎『日本文学盛衰史』(2001)所収　石川啄木の歌として書下ろし

高橋源一郎の小説『日本文学盛衰史』に、石川啄木作の短歌という設定で書き下ろされたもの。初出は1997年。この小説に提供された作品には、その後歌集に収められたものもあればそうでないものもある。掲出歌は後者。

『シンジケート』の頃の作風をほうふつとさせる一首である。「メガネドラッ／グで抱きあえば」といういささかつまずき気味の句跨りになっており、ここにどこか歪みのある都市風景が託されている。メガネドラッグはいかにも都市的なチェーン店である。ここで描かれている硝子扉は、まるで水晶のように透明で冷たい存在のように思える。「風の屍」という大胆な修辞は、退廃した世界を思わせる。「メガネ」と「硝子扉」は「レンズ」という点でつながっている。透明であらゆる光を通過させ、ときに熱も集める。この歌の主人公たちは、自分たちを取り囲んでいる環境がそういう「透き通った壁」だと感じているのだと思う。外は見渡せるけれど、見える風景は退廃していて、外へと出ていく意義を感じない。それよりもただ透き通った砦の中にいて抱き合っていたい。そういう思いが「メガネドラッグ」と「硝子扉」のイメージに託されているように思う。

そして何より大事なのが、これが石川啄木作という設定で書き下ろされた作品であること。

非常に穂村弘的な作風なのだが、穂村なりに啄木に思いを馳せて作ったと思われる。風の屍に囲まれて硝子扉をはめられたメガネドラッグは、啄木が感じていた時代の閉塞感の比喩なのだろう。そして、現代の歌人である穂村もまた、啄木と同質の閉塞感にシンパシーを覚えていたのだろう。

ひまわりの夏よ　我等の眼《まなこ》よりゴリラ専用目薬溢れ
ルービックキューブが蜂の巣に変わるように親友が情婦に変わる

ほかに『日本文学盛衰史』に寄せられた歌にはこのようなものがある。後者はのちに「親友が恋人になる」と改められて発表されている。外に出られない、出ても何にも変わらない世界の中で、ひたすらに小さな変化と他者との感情の交感を求め続けていた人。それが穂村にとっての啄木像だったのだろうか。（山田）

これもやっぱり意味もそうですけど、音の問題が大きくて、「メガネドラッグ」と「硝子扉《ガラスど》」にはガとドとラがあるんです。あとは「かがやく」もガ。意識して作った訳じゃないけど、あとから見るとそうですね。この終わりのほうで、《ルービックキューブが蜂の巣に変わるように親友が情婦に変わる》という歌を、別なところで「親友が恋人になる」に改めて発表したってありますが、これはやっぱり「親友が恋人になる」のほうがいい。そう思って推敲したんでしょう、忘れていたけれど。つまり、「蜂の巣」と「情婦」がつき過ぎで、情婦だと蜂の巣のようにまがまがしいってことが普通になっちゃうんだけど、実は恋人の方がよりまがまがしいんだっていう感覚。親友が恋人になることがより怖いと思い直して推敲したんだろうな。これを読んで思い出しました。啄木像は意識していません。実際の啄木に合わせてもあまり意味がないような内容でしたから。小説のなかの啄木のほうは多少意識しました。（穂村）

夏空の飛び込み台に立つひとの膝には永遠《えいえん》のカサブタありき

夏空の飛び込み台に立つひとの膝には永遠《えいえん》のカサブタありき

『ラインマーカーズ』（2003）

「永遠のカサブタ」とはつまり、傷が治りかけのまま永遠に残っているということである。そしてもちろん実際の傷にはそんなことはありえない。「膝には」と言っているものの、これはむしろ心の傷のカサブタであろう。カサブタというのは自分の体の一部でありながら体の一部ではない、不思議なものである。カサブタというものを通じて、自己の身体性へのまなざしを広げているのだ。

この歌は「夏空の飛び込み台」というとてもさわやかなモチーフを用いているが、『シンジケート』の頃の夏の青春歌と比べるとどこか苦味のようなものが残る。それは「ありき」という文語体によるものだろう。こういう唐突な文語の混淆には、何かしらポーズめいた作為が込められているように思える。おそらく、「夏空の飛び込み台に立つひと」とは作者自身の自己像ではない。カサブタというものからは自己の身体性に迫っているが、本当に描きたいのは自己の身体からはつかみえない他者の身体性なのだ。

何か大きな挑戦を抱えた、きらきらした生き方を送っている他者の象徴なのだろう。その人の膝にある永遠のカサブタ。膝に傷がついたのは転んだのか、とにかくあまり大した傷ではない。膝小僧の治りかけの傷と、青春期のわけもなく傷つく心が重ねられ、傷つくことすらもまぶしく思えてくるような躍動した姿に見えてくるのだ。しかし、そこであえて「ありき」という文語の締めを取り入れることで、この躍動感ある姿は縁どられて額におさめられた写真のようにつくりものめいた雰囲気になる。そのぐにゃりとした歪み感覚こそが、穂村にとっての「他人の青春」の姿なのだろう。（山田）

これ、「永遠」にふりがなを振っています。普通「永遠」は読めるでしょう、ふりがな振らなくても。でも、そこにわざと振ってあって、それはこの部分をカサブタみたいな感じにしたかったんです。カサブタってゴチャゴチャしたものでしょう、なんか接近して見ると。だから、「膝には永遠のカサブタありき」の「永遠」が、意味だけじゃなくて、ここの部分、ルビだけでなく文字全体がカサブタみたいにゴチャゴチャした塊に見えてほしいという気持ちがありました。（穂村）

バービーかリカちゃんだろう鍵穴にあたま
から突き刺さってるのは

バービーかリカちゃんだろう鍵穴にあたまから突き刺さってるのは

『手紙魔まみ、夏の引越し（ウサギ連れ）』（２００１）

鍵穴に人形が頭から突き刺さっているというのはかなり壮絶な光景である。あの細い鍵穴に突き立てるには、頭部をはずして首の部分から突っ込むしかないのではなかろうか。とにかく、このような行動をとった人は相当狂っているように思える。正常な精神状態ならば鍵穴に人形を突き立てたりはしない。

しかし、作中主体（おそらくは「まみ」）は「バービーかリカちゃんだろう」と冷静に分析して、その異常な光景とそれを作り出した誰かに対して理解を示そうとしている。これは「まみ」自身が自分の中に潜む狂気に自覚的であるからこそ、同じような狂気に感応したともいえる。

穂村弘の歌において狂気というのは相当に生活の中に溶け込んだファクターである。狂気は日常の中にあふれていて、そして主体もまた狂気から逃れることはできない。

きがくるうまえにからだをつかってね　かよっていたよあてねふらんせ

外からはぜんぜんわからないでしょう　こんなに舌を火傷している

こういった歌からも滲み出ているのが、狂気は精神の問題だけではなく身体の問題としてもあらわれるものなのだという実感であると思う。掲出歌にしても、「あたまから突き刺さる」という行為が単に身体の外部にあるただの人形の描写ではなく、自分自身の身体にもリンクしている。人形を鍵穴に突き刺した誰かは、それによってきっと扉を開けようとしたのだ。それは、手段はおかしかったのかもしれないが、未知の空間へと入り込もうという強い意志だったのだ。そのあたりに「まみ」は一瞬の激しいシンパシーを覚えたのだろう。（山田）

なぜ「バービーかリカちゃんだろう」と、特定できないかっていうと、鍵穴に刺さってて顔が見えないんです。まあ、気持ち悪いんだけど、命を懸けた挑戦みたいなイメージ。そして、誰しもがこうとも言えるというか。自分の命を懸けて扉を開けようとして、叶わずに死ぬみたいなことは、数学者とか研究者とかははっきりそうかもしれませんね。医学の研究してる人が、ある決定的な扉を開けば人類に希望をもたらせるが、その手前で力尽きて死ぬみたいな。

確かバービーのデザイナーって、軍事用のミサイルをデザインしたような人なんですね。だから、ミサイルみたいに飛んできて突っ込んでもおかしくはないかな。誰かが突き立てたんじゃなくて、バービーかリカちゃんが自分から飛んでいって、扉を開けるために頭から突っ込んだというイメージ。殉職というか、ミッションなんですよ。（穂村）

体温計くわえて窓に額つけ「ゆひら」とさわぐ雪のことかよ

体温計くわえて窓に額つけ「ゆひら」とさわぐ雪のことかよ

『シンジケート』（1990）

初期の代表作であり、現代の相聞歌でもっとも知られている歌の一つでもある。体温計をくわえた彼女が窓に額をつけて外を眺め、「雪だ」と言おうとするのだが口にものをくわえているので「ゆひら」となってしまった。そのことに対し「雪のことかよ」と軽くつっこみをいれるのである。体温計というからには風邪気味なのだろうが、女性と体温計という取り合わせに妊娠のイメージをかぶせる見方もあるようだ。

この歌の技巧的なポイントをあげると、まず一つに「体温計」と「額」とで「タイ」の韻が踏まれているところ。ここはなかなか印象的なテクニックである。さらに、「ゆひら」という言葉は単に「雪だ」の発音が不完全になったものというだけでなく、「雪」が「ひらひら」舞うというオノマトペ的な用法も果たされている。また、「雪のことかよ」という軽口のような主観的な口語文が結句にしか用いられていないというのもなかなか高度な技法である。それまでは描写であり、最後の部分だけ突然主観的になる。ここで読者は、軽く呆れながらも微笑ましさを覚える作中主体の感情にぐっと引き込まれるのである。短い文の中にいかに多層的な意味を凝縮するかが短歌の醍醐味といえるが、そのエッセンスが十二分に楽しめる一首となっている。

思うに、この歌で読者が真に感情移入するのは「雪のことかよ」とそっとつぶやく男性よりも、むしろ「ゆひら」とさわいだりする女性のほうなのだと思う。「窓に額をつける」という行為には冷たいガラスの感触を読む者の額によみがえらせるだけの効果がある。ひょっとしたら熱が出た時の頭がぼおっとする感じまで再現できる人もいるだろう。穂村の初期作品にみられる傾向として「不完全なものを愛する」というのがある。「雪だ」が「ゆひら」になってしまうような「未熟さ」「不完全さ」に限りなく優しい目を向ける視点は、大半が何らかの不完全さを抱えている現代人たちにとって、自分自身にささやかな愛を向けられているような心地になるのだろう。（山田）

これはよく引かれる歌ですが、作った時はちょっとわかりにくいかな、と思っていました。つまり、「雪のことかよ」だけが主体の言葉で、そこまでは女性の描写だってことが伝わらないんじゃないかという危惧があったんだけど……意外と伝わっている。なんか短歌ってそういうところがよくわからなくて。なかなかそのへんの見通しがつかないんですよね。書いてみると意外と誤読されることがあったり、意外と伝わることがあったりする。

この歌は熱があるっていうところが逆にスイートだということなんだけど、その熱があるおでこを窓にくっつけて、でも、はしゃいでいるみたいな。で、この「雪のことかよ」もやや乱暴な口調のところにさらに親密感があるというような印象です。これ基礎体温説があるんだけど、それはないだろうって（笑）。基礎体温はお布団の中で測らないと。動いちゃダメなんじゃない。やっぱり熱があるという、これは発熱しているんだということで成立しているので。僕は女性のエキセントリシティというか妖精性みたいなものに対する執着が強いので、別な歌で《やわらかいスリッパならばなべつかみになると発熱おんなは云えり》というのがだいぶあとにあるんだけど、それもエキセントリックなことを言っていて、やわらかいスリッパを鍋つかみにするという冒瀆性は、普通の状態では言えなくて、発熱した時、ややチューニングがずれて、それを口にできるという。突拍子もないことを言う女性像というものを繰り返し歌っています。

そういう女性が突拍子もない世界のカギを持っていると考えていて、そして、そっちに真実があるという発想だから。僕には男性が構築した株式と法律と自動車とコンピュータの世界に対する違和感があるから。だから、女性がいつも自分を違うところに連れていってくれる、そして、そのカギになるのはエキセントリックな発言だ、ということです。ほかにも《「土星にはチワワがいる」と歯磨きの泡にまみれたフィアンセの口》とか。

だから、この場合も熱があってチューニングがずれている上に体温計をくわえているせいで、「雪だ」と言ってるのが「ゆひら」になるというわけです。で、「雪のことかよ」と揶揄しつつも、実はすごくそれに惹かれて感銘を受ける。そういう女性に対する期待値の高さというか負荷の高さがある。その感情移入の強さ、これ山田さんもすごくうまく読んでいますが、だから、読者の感情移入もこの女性の体感にかなり寄り添うと思うんですよ。熱があるのにおでこくっつけて、という、あの感じをみんな知っているから。だから、「雪のことかよ」だけで主体にいきなり転じろというのは無理があるんじゃないかと思っていましたが、そうでもなかった。細かいことを言うと、体温計をくわえておでこをくっつけるには、かなり角度が斜めじゃないと、のどにゲッとなるとか、実際にくわえて「雪だ」と言っても「ゆひら」にならないとか、まあ、二重三重に変なところはあるんですが。

やっぱり雪だし、冷たい窓だし、発熱、で、和歌的とまでは言わないんだけど、なんとなく結局、季節に収斂するところとか「ゆひら」という響きとかが、意外に古風にもみえますね。《ハーブティーにハーブ煮えつつ春の夜の嘘つきはどらえもんのはじまり》というのも、本歌取りプラス季節感だから、意外に古典的ですね。(穂村)

きがくるうまえにからだをつかってね　か
よっていたよあてねふらんせ

きがくるうまえにからだをつかってね　かよっていたよあてねふらんせ

『ラインマーカーズ』(２００３)

難解な歌である。「あてねふらんせ」とは言わずと知れた「アテネ・フランセ」、あの有名なフランス語教室のことである。この歌のポイントは、上句と下句がいかなる関連性にあるのかを見抜くところにあると思う。K音の頭韻を巧みに使った、流れるようなしらべが確立しているが、上句と下句は一見のところ断絶している。素直に読めば、「からだをつかう」＝「あてねふらんせにかよう」ことであるように思える。しかしそれではこの文体の歪みを説明できないような気もする。

上句が「き／からだ」という二分法になっているのが読み解く鍵であろう。きがくるうよりも先にからだをつかう。これはただの狂気以上に狂った印象がなくもない。からだをつかってすることとは何なのか。その謎がさらなる狂気を演出している。そこで「かよっていたよあてねふらんせ」となるわけだが、この突拍子のなさがむしろ「きがくるう」ことにつながっているようにも思える。もしかしたら、この上句と下句は会話なのかもしれない。「きがくるうまえにからだをつかってね」「かよっていたよあてねふらんせ」という風に。「からだをつかってね」と言われ「あてねふらんせにかよっていた」ことを告げる分裂ぶりが狂気であり、「からだをつかう」ことが具体的にどういうことなのかを示さないのも狂気である。狂気の相互作用が働いている状況なのだ。

「なんかこれ、にんぎょくさい」と渡されたエビアン水や夜の陸橋

同じ一連にあるこの歌も、不条理なことを思わず口走ってしまうような狂気に裏打ちされた歌である。穂村弘の歌には、一筋縄ではいかない不条理に満ちた世界が広がっていることがある。そういった歌の解釈を正面から試みることは必要であろうと思う。（山田）

意味がわからないって人が昔から多い歌で、まあ、そうかな、と。これだけだと意味がちょっと特定できないのかな。僕の感覚では「からだをつかってね」というのは「セックスをして」というつもりで書いたんですね。気が狂うと性的なコミュニケーションも結べなくなってしまうので、自分が正常でいるあいだにセックスをしてっていう意味なんです。だから、その時点で破局というか破滅を予期していて、それに対する過去の幸福な記憶が「かよっていたよあてねふらんせ」と。そんなイメージでしたね。まあ、感覚がどこまでも鋭敏になっていくと狂気みたいなゾーンに行くってこともあるんだけど《「なんかこれ、にんぎょくさい」と渡されたエビアン水や夜の陸橋》っていうのも、エビアン水に人魚っぽさを感じるのも、ちょっとそういうゾーンというのかな。このへんから人は狂い始めるみたいな。破滅の予感です。（穂村）

フーガさえぎってうしろより抱けば黒鍵に
指紋光る三月

フーガさえぎってうしろより抱けば黒鍵に指紋光る三月

『シンジケート』（1990）

デビュー作「シンジケート」の連作にすでに含まれている歌である。ピアノでフーガを弾いている恋人を後ろから抱きしめる。すると演奏中のフーガはさえぎられ、弾いたばかりの黒鍵に恋人の指紋がきらきらと光っている。情景描写が巧みであり、大から小へとフォーカスを絞る動きが見事である。ピアノを弾く恋人を後ろから抱くというシチュエーションも魅力的だ。

　この歌の最大のポイントとなっているのは、句跨りのリズムである。「抱けば」は「いだけば」と読みたい。「フーガさえ／ぎってうしろよ／りいだけば」で変則的ではあるが音数が合う。しかし日本語としてかなり不自然な句割れであることは確かである。このぎくしゃくとしたリズムは、フーガを弾く恋人を抱こうか抱くまいか思い悩む感じを表現しようとしているのではないか。長時間ぎくしゃくしたリズムの中で悩んだ末に、ついに意を決してうしろから抱く。弾かれていたのが遁走曲の異名を持つフーガであることが、二人の行方を暗示させる。このあと二人はどこまでも逃げるのだ。追うものはおそらく、社会であり結婚である。

郵便配達夫《メイルマン》の髪整えるくし使いドアのレンズにふくらむ四月

置き去りにされた眼鏡が砂浜で光の束をみている九月

㉙ フーガさえぎってうしろより抱けば黒鍵に指紋光る三月

『シンジケート』冒頭のこの「月」シリーズは、とりわけ光の使い方の巧みさが印象に残る。それも単なる光ではなく、屈折した光なのである。黒鍵の指紋を照らし出す光、ドアの魚眼レンズに人間をふくらませる光、眼鏡に反射する光、いずれも光そのものではなく「屈折した光を逆照射するもの」によって表現される。これが『シンジケート』における穂村弘の光へのスタンスなのであろう。そして逆説的に描かれた光は、普通の光よりもはるかに美しく尊いものに見えてくるのである。（山田）

『シンジケート』という歌集の最初の十二首というのは、全部最後が、何月、という月で終わるんです。なぜそうなってるのかっていうと、あれはもともと五十首の応募原稿なんですが、僕の文体で書くと体言止めが多くなる。名詞止めが多いのはよくない。でも、それを減らすだけの結句のバリエーションがつけにくいんですよ、口語では。だから、それをごまかすために最初の十二首は月で終わる、体言で終わるけれど、これはそういう設定なんだという、応募原稿としての見せ方があったんです。それも一月から始めない、ということです。十二月から始めて十一月で終わって、その次の歌がクリスマスからまた始まるようにしようと考えました。だから、はじめにパラパラ漫画みたいに一年があって、というようなイメージ——そこから季節がまた歌われていく。それでまた、十二月に戻っていく。ナチュラルな既成の法則に従ってはいけないということがあるわけです。

僕の歌の「指紋光る」とか「レンズにふくらむ」とか「光の束」とか、全部人工物で屈折した光ですよね。ナチュラルな太陽の光とか月の光じゃない。レンズとかそういうもので増幅したり屈曲したりしている光。これはかなり僕の生理的なものの根本に近い感覚で、自然光は拒否という感じですね。かといって、電気とも違うんですよ。何かレンズの中の光みたいな、そういう……ある異次元の扉みたいなものがどこにあるのかといった時にそういうところじゃないか、と。ほかにガソリンなんかもわりとよく出てくるんですけど、水なのに燃える、みたいなもの。そういう特殊な属性ですね。不自然な属性というのでしょうか。そういうものへの、根本的な親和感みたいなものがあるような気がしますね。

坂井修一さんも『シンジケート』の栞の中でそういうことを書かれてますね。山田さんも書いている。さっきのパラレルワールド感やタイムスリップ感みたいなものも、根本的にはこの光の特殊性みたいなものと関係があるような気がします。自然な順接の光だと、時間も世界も普通に流れるんだけど、それの扱い方が変わることで時間が変化するみたいな。タイムスリップ。『まみ』なんかはそうですよね。ガソリンとか石鹸水もそうかな。石鹸水が泡で、その泡で手が汚れるみたいな、何というんですかね（笑）。反転属性みたいな。

この歌の背景としては、ビジュアル的には先行する映画とか漫画とかでね、何か女性が一生懸命やってるものをさえぎるという感覚への憧れがあるんだけど、短歌ではカメラを引いてしまうとうまくないから、最後に「黒鍵に指紋光る」というクローズアップが必要なんです。映画とか映像では見えないから、そこまでは。だけど、既視感がありますよね。これはやっぱり映画とか漫画とかでインプットされてるんだと思う。

この歌の中で、そのまま弾かれる曲というものが完成してしまうと、人間の側の取り分がないじゃないか、という感じ。限りある命を持つ者同士の共有性がないといけないという。神様のプロジェクトとは違った、人間の側の都合があるではないかということですね。白鍵には光らないということとか、まあ、神様には見えない景色。実際に肉体を持って有限の生を生きないと共有できない角度から見ている、というような意識がやっぱりあるんじゃないかな。神様は上から全員の全情報を見てるわけだから。それを優位なものと捉えた時は神様のほうが常に情報量で勝っているから、地上の有限性の中にしか人間のゾーンはない。でも、これはかなり短歌的な生理です。みんなそれをよくやるわけです。本に栞紐の跡がついてるとか、その中に自分の唯一無二性というか、生の有限性の証を見るみたいなことです。中には「あるある」ネタに近いものもあって、別にそこに経済価値なんかなくてもよくて、「あ、それはある」って思うこと自体が価値なわけですよね。だけど、普通に意識に「ある」ことを書いても「あるある」にはならない。「寝不足で辛い」とかはね。普通は意識の中に「ない」ことを書かないと「あるある」にはならないんです。（穂村）

呼吸する色の不思議を見ていたら「火よ」と
貴方は教えてくれる

呼吸する色の不思議を見ていたら「火よ」と貴方は教えてくれる

『シンジケート』(1990)

この歌は、作中主体が「火」を知っていたのか否かで解釈が変わってくる。もし知っていたのならば、「呼吸する色の不思議」はそれまで見ていた「火」とは一見まるで違うものに見えたにもかかわらず実は「火」であることに驚いているということになる。知らなかったのならば、「火」というもの自体を初めて見て驚いているということになる。そのどちらが正しいかということは一概に言えないが、後者のほうがなんとなくロマンを覚える。「生まれ直す」というテーマを感じさせるからである。

この歌が入っている一連は「桃から生まれた男」というタイトルが付されており、しかもその一連はこの一首のみで構成されている。作中主体＝「桃から生まれた男」なのだろう。「桃から生まれた男」とはすなわち桃太郎なわけだが、それは成熟しないままに成長してしまった男の比喩なのだろう。新たに生まれ直して「大きな子供」となり、まっさらな赤ん坊のような目で見る世界。その世界のなかで自分を導いてくれる存在としての「貴方」。この歌からはそんな二人の関係が浮かんでくる。

はじめてのたべものたべる　おいしい　とあなたがわらう　これはうまいもの

㉚ 呼吸する色の不思議を見ていたら「火よ」と貴方は教えてくれる

斉藤斎藤

斉藤斎藤にもこんな歌がある。これは「うまい」という感覚を「あなた」の反応で決めているという歌ではない。食べ物を食べて「おいしい」と思う感覚を思い出そうとしている生まれ直しの歌なのである。「あなた」と出会ったことで新たな世界が立ち上げられアップデートされた。そこでまた新しい感覚や世界の構成物をひとつひとつ思い出していかなくてはならない。それは実はとてもきらきらとした貴重な時間なのではないか。「あなた」と出会ったことで世界を形作るあらゆるものを輝かしいものとして出会い直していこうとする。それは素晴らしい生のきらめきの肯定なのである。（山田）

まだ名づけられる前の火を見ている、「桃から生まれた男」と題した歌です。一首だけなんですが。心はこの世界に生まれたての子ども、という状態で、女性の名づけによって、火を知る。女神が世界を名付けるってことですね。それ以前の世界はまだ自分にとって形を成さないから、「火」という言葉がない世界においては「呼吸する色」だっていうこと。結局、世界の枠組みの一番最初のところまで遡らないと、今の違和感がある世界は変わらないから。女性に世界を提示し直してもらう――女性が自分の世界の作り手であるということです。

《指さしてごらん、なんでも教えるよ、それは冷ぞう庫つめたい箱》という歌があって、そちらは立場が逆というか無垢なものに名前を教えるイメージです。また《新品の目覚めふたりで手に入れる　ミー　ターザン　ユー　ジェーン》という歌もあって、それは覚えたてのことばで二人の世界を知る、というものです。世界が獲得されるとき、その窓口は女性、という幻想があって、それがこういうかたちで言語化されるようです。

数年前にアーティストの石井陽子さんとのコラボレーションで、アルスエレクトロニカというメディアアートの展覧会に入賞したことがあって、例えばこの短歌が掌に投影されて「火」の文字がめらめら燃え上るというような作品でした。海外でも展示したんですけれど、外国の人が燃え上がる漢字の「火」に触れるときに「あっちっち」となっているのが面白かったです。もちろん映像ですから、熱いわけはないんだけれど。このときに使用する文字は迷ったんですが、ここは表意文字である日本語を選ぼう、と思って「FIRE」じゃなくて「火」にしました。そういえば石井さん御本人ももともとはコンピュータのエンジニアで理科系の女神的な方でした。（穂村）

「十二階かんむり売り場でございます」月のあかりの屋上に出る

「十二階かんむり売り場でございます」月のあかりの屋上に出る

『手紙魔まみ、夏の引越し（ウサギ連れ）』（２００１）

エレベーターガールの言葉を借りて、出て行った先は屋上。普通屋上までエレベーターガールが案内するということはないだろう。これはおそらく、「まみ」が屋上に出ながらひとり勝手に呟いた言葉なのだと思う。本当ならそこにあるのは、月のあかりにこうこうと照らされているだけのだだっ広い屋上空間なのだ。そこを「まみ」は「かんむり売り場」と呼ぶ。月光でしらじらと頭部が照らされた状態こそ「かんむり」であり、「まみ」はそこに日常を脱出するための魔法的な空間を見るのである。

客観的にみれば真夜中のデパートの屋上はありふれた風景であろう。ただの殺風景な駐車場かもしれない。しかし「まみ」はささやかな月光の差す屋上に日常の裂け目があることを願うのである。「かんむり」が頭に載せられることは「お姫様」となることへの少女的な憧れのあらわれともいえるだろうか。エレベーターガールの口調の真似などをしながら、屋上に異世界への脱出口があることを祈っているのだろう。

巻き上げよ、この素晴らしきスパゲティ（キャバクラ嬢の休日風）を

㉛「十二階かんむり売り場でございます」月のあかりの屋上に出る

　この歌もまたなんでもない風景の中にぶっとんだ空想をまじえて異世界への入り口をつくろうとしている。ただこの歌がひとり含み笑いをするような軽い空想であるのに対し、屋上に幻想のかんむり売り場を見ることは、より切迫した異世界への脱出願望があらわれているように思える。華やかな幻想に見える世界は、実は自分の居場所を見つけられない深い悲しみが裏に張り付いているのである。（山田）

「十二階かんむり売り場でございます」――これはエレベーターガールっぽい口調で「まみ」本人が何もない月明かりの屋上に出て、それを「かんむり売り場」だと言ってるという見立てなんだけど、ポイントは「売り場」って言葉なんだと思うんです。それは「五階スポーツ用品売り場でございます」とか言ったりする、あの口調の延長にあるんだけど、問題は「かんむり」は売られてないってこと。「かんむり」っていうのは金銭の埒外にあるものの証だから。「かんむり」がいっぱい売られていて、値段が微妙に違ってデザインも微妙に違って好きなもの買えるよっていうことは、本来はありえない。だけど、戦後の日本の極まった地点においてはありえるんじゃないか、というくらい、資本主義の浸透性ってものがあって。もちろんそもそも月の光は買えないから、その二重に買えないものが売りものにたとえられるっていう感受性のあり方を映していると思う。

この「キャバクラ嬢の休日風」というのは、なんかありますよね、こういう名前のメニューって。漁師のナントカ風とか娼婦風とか。それならキャバクラ嬢があってもいいんじゃないかと。どんなスパゲティかってことは別に考えていないけど、「絶望」って名前のスパゲティがあったりとか、「天使の髪の毛」っていうのがあったりとか、ポエティックな名前をつけられやすい食べ物ってイメージはありますよね。（穂村）

ゴージャスな背もたれから背を数センチ浮かせ続ける天皇陛下

ゴージャスな背もたれから背を数センチ浮かせ続ける天皇陛下

「727」(『短歌往来』(2010年2月号)

この歌は2009年の朝日カルチャーセンター朗読会にて発表された、「皇居のコンセント」という一連に含まれる歌である。穂村弘が、岡井隆、石井辰彦、平田俊子といった面々と行っている朗読会である。この回のテーマは「皇居を詠む」であったという。皇居がテーマということで天皇が出てくるのは自然なことなのだが、実はこのテーマとは無関係に穂村には天皇を詠んだ歌がいくつかある。

天皇は死んでゆきたりさいごまで贔屓の力士をあかすことなく

これがその一つであるが、明らかに今上天皇ではなく昭和天皇の歌である。穂村が天皇を歌のモチーフとするようになったのは『手紙魔まみ』以降であり、昭和ノスタルジー路線の一環として発表されている。昭和という時代はいかなる時代であったか清算するという穂村近年のテーマにおいて、天皇は濃厚に昭和性をまとった存在として描かれているのである。天皇というテーマを扱うことは高度な政治性をはらむ。穂村は初期作品において「大統領」を歌のモチーフとしたりしていたが、アメコミのキャラクターのような描き方であり政治性・思想性はないに等しかった。それが実在の天皇を扱うようになったことは、穂村内面の政治性が変化してきたことのあらわれでもあるだろう。

一方掲出歌は、今上天皇がモチーフではないかと思われる。「背もたれから背を数センチ浮かせ続ける」こととは人目を気にして常に自分を律している状態であろう。天皇であるということは尋常ではないほど厳しい自己規律が必要なのだと気づき、そこに激しい他者性を見ている。昭和天皇に見出している人間くささとはまったく異なっている。おそらく穂村にとって「背もたれから背を浮かせ続ける」高度な緊張状態こそが「平成」的なものなのだろう。天皇というテーマを扱うようになった穂村の変化は、時代と自己との関係性を見つめなおすようになったこととパラレルなのだ。穂村はいつまでも「平成」になじめない存在という自己像を見ているのだろう。（山田）

これは、歌会始での天皇陛下の様子なんです。歌会始に招待されるシステムみたいなのがあって、毎年いろんな人が呼ばれていますが、それに行ったことがあって、わりと近くに天皇がいらして、すごい立派な背もたれの椅子に座っているんだけれど、よく見ると、それに背中をつけてないんです。だから、丸椅子に座ってるのと同じ状態で。で、僕らはもっとヘボい椅子に座っていて、見た目上一番立派な椅子に座ってるのは彼なんだけど、背中を浮かせているから背もたれの意味がない。実質的にはこちらのほうが楽であると。まあ、薄々みんなそう思っていて、天皇になりたい人はあまりいないと思うんだけど、これは、すごい苦行だなと。最初から丸椅子に座っていれば、その大変さをみんなにわかってもらえるけど、立派な椅子ではね。テレビで見たら、背中をずーっと浮かせているみたいなところまではわかってもらえない。だから、わりとこれはリアルな歌で、現在の天皇のことです。その次の《天皇は死んでゆきたりさいごまで贔屓の力士をあかすことなく》というのは、山田さんが書いてるように昭和天皇が贔屓のものについて、「どんなテレビ番組をごらんになりますか」という問いに「相撲など見る」と答えたと。「贔屓の力士はいますか」みたいな質問には、それは言えない、と。好きなお菓子とかもあるんだけど言えないらしい。とにかく、言えないことが天皇にはいっぱいあって、もちろん戦争関連でもあっただろうし、言わずに死んでいったんだろう、と。文語にしたら、本当なら「死にてゆきたり」みたいな感じになると思うけど、このくらいがいいかな、と。「ゴージャス」ももっとちゃんとした言葉が当然あるんだけど、ちょっとベタな庶民性みたいなものがまなざしの中に含まれていたほうがいいような気がしました。「ゴージャス」って書くことで「天皇陛下」っていう呼び方が支えられるみたいな感じかな。これが立派なって意味のちゃんとした言葉だと、天皇陛下がそのまま天皇陛下になってしまうのをおそれてのやや戯画化された天皇像。けれども、昔の歌に出てきたような「警官」や「神父」のような漫画チックな存在ではない。もうちょっと自分と関係性を持つ存在としての天皇像を詠んでいます。（穂村）

意味まるでわからないままきらきらとお醤
油に振りかける味の素

意味まるでわからないままきらきらとお醬油に振りかける味の素

「自動バックアップ中です」(「短歌研究」2007年8月号)

この歌のポイントは「味の素」が持つイメージであろう。かつては、「味の素」は食べると頭がよくなるなどと言われていたこともあるらしい。昭和後期の一般家庭のイメージを濃厚にまとったノスタルジアをはらんでいる一方で、工業的な香りも強く持つケミカルな調味料である。「ノスタルジア」と「ケミカルさ」というものが同居している不思議な存在として「味の素」はあらわれ、「意味まるでわからないまま」「きらきら」と振りかけられる。「きらきら」というのは味の素の輝きであると同時に、高度経済成長期以降の時代のきらめきでもある。「化学的においしいものをつくることができる」という発想自体が非常に戦後的なものともいえる。「意味まるで」という舌足らずな助詞の省略にはちゃんと意味がある。この舌足らずさは、作中主体が子どもであることを示唆しており、純粋にただ「味の素」を信じるナイーブさの表現となっている。このナイーブさは戦後世代の日本人みんなのナイーブさなのだと思う。「なぜ?」を考えることもなくただひたすら「こうすればよくなる」と言われたことを愚直に信じ続けたのが戦後の日本であり、現代はそれがもう通用しなくなっていることもしっかりと見据えている。この「きらきら」は戦後の輝きであると同時に病理でもあったのだ。

ラジオ体操ききながら味の素かきまわしてるお醤油皿に
ググったら人工知能開発者として輝いていたキャロライン洋子

連作は、後半のみ現代に場所が移っている。「キャロライン洋子」とは往年の人気子役で、穂村と同じ1962年生まれである。おそらくは「同い年の芸能人」として子どもの頃から意識していたのだろう。同年生まれの人物の人生を端的に描き言外に自分自身と比較をすることで、穂村の中にある「昭和とは何だったのか」という問題意識が浮き彫りになっているのである。（山田）

山田さんの読みがすごく丁寧で、味の素を〈「ノスタルジア」と「ケミカルさ」というものが同居している不思議な存在〉というけれど、僕らの頃はケミカルであるということが未来の希望だったわけです。「味の素」も未来の味みたいなものでした。

そのあと価値観の転換があったんですよね。あの頃は、かけると「頭よくなる」みたいにいわれていた。油なんかも、ある時期はリノール酸がいいとかいわれて、そのあとそれが実はダメだったみたいな、「あれだけリノール酸とか言ってたのに」ってことがあって。そんなんだったら僕たちいろいろズタズタじゃん、と。今でもごくショートスパンで、例えば水をとり過ぎると熱中症によくない、とか。ついこのあいだまで言ってたことと違うじゃないかみたいなことはありますよね。

この「キャロライン洋子」は、ある日ふと、キャロライン洋子って昔いたなって思い出して、グーグルで検索してみたら人工知能の研究者になっていて、とても不思議でしたね。別なルートを通って別の未来が来たような変な気持ちになったんです。（穂村）

卵産む海亀の背に飛び乗って手榴弾のピン
抜けば朝焼け

卵産む海亀の背に飛び乗って手榴弾のピン抜けば朝焼け

『シンジケート』（1990）

「朝焼け」という言葉で締められればこの歌が連想されるようになってしまうくらい有名な歌である。手榴弾のピンを抜くというのは、つまり投げつけて爆破させるということだ。『短歌という爆弾』という著書のタイトルからもわかる通り、穂村弘にとって爆弾とは言葉が秘めている力のことであり、また短歌そのもののことでもある。今まさに言葉という手榴弾を投げつけようと身構えているところなのである。

卵を産む海亀は、新しい命を産んで海へと旅立とうとしているところだ。飛び乗るというあたり躍動的な感じがするが、卵を産んでいるところならば多分動いていないはずなので乗るのは難しくないだろう。海亀の背に乗るという行動は、浦島太郎を連想させる。浦島太郎は海の底の龍宮城へと時間を超えて旅立っていった。しかしこの歌の主人公は、卵という次世代につながるものを残した亀に乗り、言葉という手榴弾をセットしている。理想郷たる龍宮城も爆破して、おそらくは自分自身も粉々になって、あとは卵から生まれた新しい亀がまた次の「爆破者」を乗せるのを待つことを想像してほくそ笑むのだろうか。「朝焼け」は新しい世界のはじまりの象徴である。

雄の光・雌の光がやりまくる赤道直下鮫抱きしめろ
シュマイザー吼えよその身をばら色に輝く地平線とするまで

掲出歌が含まれる「こわれもの」の一連には命令形の歌が多い。命令形はあふれ出る暴力衝動がもたらす文体だ。破壊しつくして新しい世界を手に入れようとする強い意志のあらわれた一連なのである。世界を変えたいと願う者はすべて、ピンを抜いた手榴弾を心に隠しているのだろう。（山田）

これもまあ、冒瀆ですよね。感覚的には、「卵産む海亀の背に飛び乗って手榴弾のピン」を抜いて、自爆するんです。投げるイメージじゃないんですよ。それで自爆すると別世界に行ける、という、一種の世界変革みたいなものへのルートです。狂った人なんかがこう信じるかもしれない、というような、いくつかのファクターが重なった時に世界の扉が開く、というイメージ。で、ちゃんと丁寧に世界変革をするだけの根気がないわけです、若いから。一瞬でもう決まらないとダメだという感じ。根気強くプロジェクトを詰めるということができない。そのままピンを抜いて、自分を中心とした海亀や海亀の卵がすべて消滅してしまうんだけど、別世界に行けるから、どこか浦島太郎的な感じというか。しかし、無駄にテンションが高い。

そのあとの二首なんかも無理がある。「赤道直下鮫抱きしめろ」、無理やり過ぎるという感じですね、これも。ある種の自爆的な別世界への回路みたいなところは同じで、このテンションは、中学生ぐらいの印象ですね。そういえば、幼稚園の時、僕、浦島太郎の劇をやったんですよ。最初は亀をいじめる子供の役だったんだけど、なぜか練習を始めたら太郎に格上げになったんです（笑）。（穂村）

「凍る、燃える、凍る、燃える」と占いの花びら毟る宇宙飛行士

「凍る、燃える、凍る、燃える」と占いの花びら毟る宇宙飛行士

『手紙魔まみ、夏の引越し（ウサギ連れ）』（２００１）

　宇宙飛行士が花占いをしている。その言葉は「凍る、燃える」と謎めいている。地上で花を毟ることだってもちろんできるわけなのだが、「宇宙飛行士」ということに重点を置いた表現をされると、宇宙服を着て宇宙空間をぷかぷかと漂いながら花占いをしている映像が思い浮かぶ。それはとても不思議でシュールな光景だ。

「凍る」と「燃える」という二つの選択肢は、地球そのものの未来を暗示しているかのようである。花占いは「好き、嫌い」と片思いの相手の心の内を推し量るものだ。しかしこの宇宙飛行士の花占いは、地球や宇宙といった巨大すぎるものの運命を知ろうとしているかのようなスケール感がある。花びらがすべて毟り終えられた瞬間、宇宙飛行士の体が真っ先に凍りつくか燃えてしまうか、そんな残酷なメルヘン性がある。そして実際の花占いがそうであるように、出てきた結果には何の根拠もなく事実になりうるという証拠もない。すべては宇宙飛行士ひとりの思い込みかもしれない。

　海に湧く風みなわれを思へとぞ宇宙飛行士《アストロノオト》の夜毎のララバイ　　井辻朱美

宇宙飛行士の歌といえばこのような歌もある。作者の一人称性を希薄化させ、宇宙や深海をテーマにしたファンタジックな作風が特徴の歌人である。穂村弘の描く宇宙飛行士は、自然や世界と一体化していく方向には進まない。広い宇宙のなかで、ひたすら孤独である。ただ自分が広すぎる世界と直接リンクしていることだけを信じて、花びらを毟る。それは、広い社会を孤独に遊泳し続けるすべての人々の姿そのものなのだろう。（山田）

「凍る、燃える、凍る、燃える」と、これは何を占ってるのかというと、自分の死に方なんです。宇宙飛行士の宇宙空間における死に方って、凍るか燃えるしかないんじゃないかって気がして。舞城王太郎さんの小説で『煙か土か食い物』というタイトルのがあって、それは人間が死んだ時、そのどれかになるみたいな話だったと思う。出典があるのかどうか知らないけど。だけど、それは地球上の話だなあって僕はちょっと思って、空で人が死んだ時は凍るか燃えるだろう、と。つまり、この花びら占いは二者択一だから「生還する」がない。ここがミソですね。今はとっても穏やかな地球上にいて、春の野原みたいなところで、普通の青年に見える宇宙飛行士が、ジーンズとシャツの姿でこれをやっているっていうのかもしれないけど、それにオーバーラップするように、宇宙空間で遊泳しながら、大きなあの宇宙服を着て、あの手袋で、すごくむしりにくそうに花をむしっているみたいな二重写しがあると思うんですね。現実には光の降り注ぐ春の野なのかもしれないけど、暗黒の宇宙を漂っているような感じ。で、それは宇宙飛行士だけじゃなくて、人間の運命としては本来そういう二重性を人は持っているんじゃないかというようなイメージですね。アポロ計画とかものすごかったけどね、子供の頃。「もう月へは行かなくていいのか」って小説家の長嶋有さんがこのあいだ言っててておかしかったけど（笑）。（穂村）

夏の終わりに恐ろしき誓いありキューピーマヨネーズのふたの赤

夏の終わりに恐ろしき誓いありキューピーマヨネーズのふたの赤

『シンジケート』（1990）

『シンジケート』の頃の穂村弘は結婚に対する恐怖感を強く持っており、恐怖とともに描かれるものがことごとく結婚のメタファーである傾向にある。この「恐ろしき誓い」もまた結婚であろう。キューピーマヨネーズのふたは結婚指輪をイメージさせる。新品のマヨネーズやケチャップなどには、指輪のように指を通して開けるタイプの栓がある。そういうものをイメージしているのだろう。それが鮮やかな赤であることを強調するのは、血のイメージに直結させようとしているからだ。結婚することは、生活を分け合うこと、血のつながりの中に組み込まれていくこと。そのことにどうしようもない恐怖を感じるのだろう。

マヨネーズの蓋の真っ赤を握らせて囁く　これを俺だと思え
マヨネーズの蓋の真っ赤を両眼に塡めて二代目マツモトキヨシ

2003年に「短歌ヴァーサス」2号にて発表された連作「マヨネーズ眼、これから泳ぎに」からであるが、十年以上の時を経てまた赤いマヨネーズのふたというモチーフが登場する。その描き方はよりシュールなものになっているが、掲出歌にみられる神経症的な赤のイメージは

㊱ 夏の終わりに恐ろしき誓いありキューピーマヨネーズのふたの赤

かなり薄らいでいる。「キューピーマヨネーズ」に象徴される生活感に対してかなり適応をみせてきたことのあらわれなのだろう。（山田）

2003年に「短歌ヴァーサス」2号所収の「マヨネーズ眼、これから泳ぎに」という連作があって、まだ歌集には収められていない歌です。この「誓い」は結婚とかそこまで男女間のものを僕はイメージしていなくて、誓いが恐ろしいというのは確約できないはずの未来を約束するという行為だから。

僕は未来予知にすごく抵抗があって、占いそのものはいいんだけど、占いが未来予知にさしかかると嫌悪を感じるんですよ、今も。「いや、未来はわからないでしょう」みたいに思うんですね。でも、逆に言うと、本来無理なことを言うというところが誓いの本質みたいなところもありますからね。

あとのほうの「マヨネーズ」は、一種の狂気みたいなものです。「マツモトキヨシ」のほうは、なんか社会批評性みたいな意識があったのかな。連作のほかの歌をちょっと今忘れちゃったけど。ファッションブランドみたいに薬屋さんがマツモトキヨシって、最初すごい変な気がしたと思う、そのネーミングに。今はもう慣れたけど。「え、人名じゃん」みたいな感じがあった。《あたたかいマツモトキヨシの返り血を浴びておまえもヘルシーになれ》というのもあります。マツモトキヨシってどんな人なんだっていう驚きがあったと思うんだよね。チェーン店名ではないマツモトキヨシさんという人は存命なのかというのもわからないし、顔がどんなふうなのかもわからない。

名前に「二代目」ってつけると、キャラクターとしてこう立ち現れてくるような感じ。それは個人としての意味ではなくて、平成の日本人の潜在意識が作り上げた像なんじゃないか。（穂村）

春を病み笛で呼びだす金色のマグマ大使に「葛湯つくって」

春を病み笛で呼びだす金色のマグマ大使に「葛湯つくって」

『シンジケート』（1990）

『シンジケート』には同棲生活をイメージさせる歌がみられるが、この歌もその延長線上にあるのだろう。おそらくは別れるか喧嘩をするかで同棲を解消してひとりになってしまった。そんなときに病気にかかってしまい、一緒に暮らす人間の存在のありがたさをひしひしと思い知りつつも、それでも強情に「あいつがいれば」なんて思いたがらない。

マグマ大使は手塚治虫の漫画で、少年がもつ笛によって呼び出されるヒーローである。ただし穂村がイメージしているのは1966年に放映された実写版であろう。実際に見たことはないが、かなり派手で大仰な登場シーンなのではないだろうか。それが堂々と現れた末に求められるのが「葛湯つくって」であるという漫画的なずっこけ具合がこの歌のポイントなのであるが、真に描こうとしているのはその裏にある男の情けない意地っ張りさであろう。強いマグマ大使だって、いなくなった恋人の代わりになんてなりえない。本当は恋人のつくった葛湯を求めているのである。「春を病み」という過度に詩的な表現からずっこけた地点に着地するこの歌には、弱さを見せたがらない男の情けなさが込められているように思う。（山田）

37 春を病み笛で呼びだす金色のマグマ大使に「葛湯つくって」

これはマグマ大使を知らないとわからないですね、金色のロケット人間みたいな存在なんですけど、なんか不思議な造形のものです。それに普通のヒーローは地球を守って怪獣と戦ったりするものですから、この葛湯を作るというのは、その大きさや強さが全く機能しないんですね、葛湯作るのにはね。そこに、これもわざわざ「春」って言葉を入れてるから、その季節感と風邪をひいた時の体感みたいなものの表現。女性に何かすごく重いものを持たせるとか、そういう方向じゃなくて、これは強い大きなロボットに葛湯というものを作らせる、という逆の方向の無理難題。「笛で呼びだす」というのは、困ったことがあると笛を吹いて呼ぶんですよ、マグマ大使を。のちにフォーリーブスの一員になった江木俊夫が子役をやっていたんですけど。マグマ大使に何を頼むか一瞬考えたような記憶があって、予測できないものがいい、と。「葛湯つくって」には、なんか日本というのもあるかもしれないですね、笛で呼び出して葛湯作ってと。

マグマ大使はロケット人間なのに家族がいるんです。子どもと奥さんが。ふたりはマグマ大使のように巨大ではないし、角《つの》はあるんだけれど人間の姿をしているんです。ちょっとした事件だと、江木俊夫は自分と同世代の「ガム」という子どものロケット人間のほうを呼ぶ。それが手に負えないとお父さんを呼ぶ。単体じゃなくて、正義の味方のほうも家族なんですよ。

こういう歌はもう作れなくなりましたね。着地点が非常に緩い歌です。もうちょっとはっきりしないと作れなくなりました。恋人を求めてるという山田さん評ですが、それは僕の意識にはなかったですね。むしろ季節を歌うということ、この「金色のマグマ大使」っていうのは、春なんですよね。春の風邪の体感。山田さんの読みでは〈私〉のメンタルがわりと青年のイメージだけど、もうちょっと幼児的な感覚のつもりでした。（穂村）

吐いている父の背中を妻の手がさすりつづける月光の岸

吐いている父の背中を妻の手がさすりつづける月光の岸

「ぶごこ」（「短歌」２００７年11月号）「アンソロジー２００７」（「歌壇」２００８年３月号）

これは「歌壇」毎年恒例の企画で、前年の発表作品をジャンルごとに集めるものであり、この歌は「家族」の項に含まれている。かつての穂村弘は家族を歌わない歌人であったが、近年はこのように家族を詠んだ歌も増えている。「父」は何度か詠まれたこともあるが、「妻」が登場するのは比較的珍しい。穂村の内面の変化に気付いてあえてこの歌を「家族」の項に収めたアンソロジストの選歌眼が光る。

この歌は「月光の岸」という言葉が効いている。父が吐いているのは単なる飲みすぎか何かしらの病気なのかは不明だが、父の背中を妻がさすっているという卑近な光景が「月光の岸」という言葉とともに真っ白な光を浴びて幻想的に映し出される。おそらく実際に夢の中の風景のようだと感じているのだろう。老いてしまった父、父の世話をしている妻、家族をもってしまった自分。かつては考えられなかった現実が目の前にある。その瞬間なんだか夢の中にいるような気分になったのだろう。家族をもつことはかつては自分にとって悪夢だった。しかし目の前にある現実はもう悪夢ではない。かといって幸福にあふれた日々でもない。ただ自分の人生に起こった不思議を噛みしめている。自身の生活や境涯にいまだはっきりとリアリティを感じられずにいる。その心情が、実は逆説的にリアルとすら思える。本当は誰もが、今の

世界がすべて本当は夢の中なのではないかという錯覚をもったまま生きているのかもしれない。（山田）

㊳ 吐いている父の背中を妻の手がさすりつづける月光の岸

山田さんの解説のとおり、限りなく幻想にみえた実景ですね。目の前の出来事が遠くで起こっていることのように感じました。（穂村）

教会の鐘を盗んであげるからコーヒーミルで
挽いて飲もうぜ

教会の鐘を盗んであげるからコーヒーミルで挽いて飲もうぜ

『短歌という爆弾』（2000）

『短歌という爆弾』に所収されている歌で、もともとは「かばん」1987年2月号「村の迎賓館」コーナーに自己紹介とともに掲載された作品のうちの一首である。『短歌という爆弾』で穂村は自らの昔の自己紹介文を引き合いに出して、「過剰な自意識とは、自我の脆弱さが必然的に生み出すものではないだろうか。」と綴っている。その一方で歌については「自己紹介の張りつめてどこか神経症的なトーンに比べて、これらの歌にはトリッキーではあるが同時に伸びやかで安定した印象があるように思う。」とも書いている。

掲出歌は「飲もうぜ」というかなり俗的な口語の締めが特徴である。こうした文の締め方は加藤治郎なども試みており、やはり伸びやかで若々しい雰囲気が生まれている。

マガジンをまるめて歩くいい日だぜ　ときおりぽんと股《もも》で鳴らして　　加藤治郎

実のところ穂村は、掲出歌を第一歌集『シンジケート』には載せずに落としている。同時に発表された歌のなかには歌集に収められたものもある。この歌が落とされた理由は、あまりに粋がった雰囲気が逆に『シンジケート』が指向するスタイリッシュな印象を削いでしまうと考えたからだろうか。

「教会の鐘を盗む」という行為は穂村作品によく現れるキリスト教的権威へのからかいであろうし、また「結婚」の象徴でもあるだろう。「結婚」という社会システムに組み込まれることを拒否して二人の世界で遊び続けようという心情が表れているのだと思う。（山田）

これは歌集に入れずに没にした歌ですね。ちょっと無理があると思って。もちろん他にも無理なことはいっぱい書いてるんだけど、それにしてもって感じだなあ。あとは、最後の「ぜ」がなんか気恥ずかしい。特殊な組み合わせによる化学反応で異世界を作り出すという志向が自分にはあって、でも黒鍵に指紋が光ってるとか眼鏡が砂浜に置き去りにされているとかは、現実とオーバーラップするけど、教会の鐘をコーヒーミルで挽いて飲むという、これはちょっと、あいだが飛び過ぎてますよね。ただ体感は同じで、なぜ自分がこう書いたのかは今もよくわかるけど。二人の親密さ、犯罪的な冒瀆行為を共有することで二人の親密さを確保するというバリエーションには違いないんですが、なんか失敗した四コマ漫画みたいな印象ですね。（穂村）

つっぷしてまどろむまみの手の甲に蛍光ペン
の「早番」ひかる

つっぷしてまどろむまみの手の甲に蛍光ペンの「早番」ひかる

『手紙魔まみ、夏の引越し（ウサギ連れ）』（２００１）

穂村弘の短歌に登場する女性像は昔からコケティッシュなキャラクターづけがなされている。「まみ」はその延長線上にあって過剰なまでにガーリーな造形がなされている。しかし実のところそれは表層的な部分であり、よく読むと「まみ」は穂村作品にしては珍しいほど生活の苦みとリアリティを重くまとった存在なのである。それは例えば、ウエイトレスなどとして働いている日々の歌などにもあらわれている。「労働」を真正面から捉えたものではない。しかし、「生活」というモチーフが実は歌集の中心に据えられているのである。

掲出歌は「早番」という仕事にかかわるモチーフがある。忘れないように手の甲に蛍光ペンでメモをする。その行為の幼さと、「早番」という内容の苦さが混ざり合ったことで不思議な感覚を生んでいる。コケティッシュな仮面をかぶった「まみ」がときおりのぞかせる生活者としての姿。そこには微妙な痛々しさがはらまれている。

お客様のなかにウエイトレスはいませんか。って非常事態宣言
コースター、グラス、ストロー、ガムシロップ、ミルク、伝票、抱えてあゆめ

㊵ つっぷしてまどろむまみの手の甲に蛍光ペンの「早番」ひかる

ウエイトレスの生活という点ではこういった歌もあるが、生活の苦みはそこまで出ておらず、テンションの高さで糊塗されているような雰囲気である。手の甲に書かれた「早番」は直接的な生活感を真っ向から表現したという点で今までにないものであり、また穂村弘の新しいステージを感じさせる一首でもあった。（山田）

《包丁を抱いてしずかにふるえつつ国勢調査に居留守を使う》という歌もあって、社会化されていない存在にとってはおそろしいから過剰反応するわけですね。ここでは、蛍光ペンで走り書きする、というのがぎりぎりの妥協点、というのか、手帳や電子手帳に早番と書くところまではいけないという状態。それはできない、というような。

《巻き上げよ、この素晴らしきスパゲティ（キャバクラ嬢の休日風）を》という歌もそうですが、社会化できない魂のありようを歌っています。『シンジケート』もそうでしたが、こちらのほう（『手紙魔まみ』）が、より生々《なまなま》しいかな。いまでもそういう、手の甲に覚え書きの文字を書いている人を見ると、惹かれるものがあります。

この歌を含む一連は「ウエイトレス魂」、という表題なんですね。生涯一ウエイトレス。おばさんになったら、おばあさんになったらどうするんだろう、というような。パリのギャルソンだったら生涯一ウエイターっていうのがありえるかもしれないけれど、日本の感覚ってそうじゃないですからね。（穂村）

糊色の空ゆれやまず枝先に水を包んで光る
柿の実

糊色の空ゆれやまず枝先に水を包んで光る柿の実

『シンジケート』（1990）

『シンジケート』にこんな歌が入っていたということに驚く人もいるのではないだろうか。それくらい、穂村弘のイメージとかけ離れた写実の歌である。モチーフが柿の実という渋いものであることも、アララギ調を思わせる。しかし「糊色」のようなオリジナルの色名を持ってくるところなどは、あくまで本質的には写実主義ではないのだろう。

ウエディングヴェール剝ぐ朝静電気よ一円硬貨色の空に散れ

この歌の「一円硬貨色」など、独創的ながら実に的確な色の名前を生み出すのも穂村の得意技である。

「糊色」というのは具体的なイメージをつかみにくいが、チューブ糊の濁った白であろうか。どんよりとして立体感のない曇り空という感じか。「ゆれやまず」というのは穂村がよく使うフレーズであるが、空という大きなものから枝先の柿の実という小さなものの間のスケールの差をこの一語によって見事につないでいる。空がゆれやまないという表現は、作中主体自身の心のありようも表している。

41 糊色の空ゆれやまず枝先に水を包んで光る柿の実

「枝先に水を包んで光る柿の実」という表現はとても微視的であり、ディテールが細かい。しかし静物をじっと観察しているという印象よりも、わずかに動き続けているという状況を観察しているようにも思う。心を一定の地点にぴたりと止めることができず、つねに震えている。そんな心のイメージが不安定な色の空と柿の実に象徴されている。空の色に糊のイメージを重ねたのは幼児性を表す意味合いだろうか。柿は秋の象徴であり、夕陽のイメージにもかかってくる。曇り空のなかに光る柿の実は、これから訪れる厳しい冬を予感させているのだろう。（山田）

この歌、気にする人がいるんです。地味な歌だからでしょうね。そういうのが少ないんですよね。教会の鐘を挽いて飲むというのに無理があるとすれば、これはただ、曇り空を背景に柿の実があるっていうだけだから、描かれている設定そのものには、無理は全然ない。むしろなさ過ぎる、僕の歌にしては。

『シンジケート』の中で何通りかに曇り空のことを表現していて、この「糊色」と、山田さんが書いている「一円硬貨色」というのと、もうひとつは「杏仁豆腐色」だったかな。それぞれ微妙に違うんだよね。「糊色」が一番濁ってる感じなのかな。「一円硬貨色」はけっこう明るい感じ。「杏仁豆腐」になると白い空ですね。

写生をやろうとした意識があったと思います。短歌ってこういうのが普通っていうイメージがありますからね、でも、「糊色」みたいなところに微妙に色気が出ていて、「水を包んで」もさりげなさそうに見えてちょっとわざとらしい。やっぱりできてない。どうしても疑似写生の域を超えないというか、やろうとしても、もともとの体感や生理が違うからうまくいかない。これじゃダメなんだと思う。写生は「ここがいいだろう」みたいな感じになっちゃいけないんだよね。もっと虚心にやらないとダメで、ここにはどうも手つきが見えるんですよね。（穂村）

海光よ　何かの継ぎ目に来るたびに規則正
しく跳ねる僕らは

海光よ　何かの継ぎ目に来るたびに規則正しく跳ねる僕らは

「新しい髪型」（「歌壇」2010年2月号）

この連作は母親への挽歌「火星探検」の延長線上にあり、亡くなった母の幻影との再会がテーマとなっている。

あ、一瞬、誰かわかりませんでした、天国で髪型を変えたのか
新しい髪型なんだか似合ってる　天国の美容師は腕がいい

幻影の中で再会した母を見てまず気付くのが髪型の変化。おそらく生前は母親の髪型を褒めてあげるような気遣いはほとんど出来ずじまいだったのだろう。

掲出歌は、「海光よ」という初句が意表を衝く。この歌は連作の一首目であるが、「海」は生者の世界と死者の世界をつなぐ境界線として機能しているのだろう。「何かの継ぎ目」というのも生と死の間を強く思わせるフレーズである。人生の節目節目という意味合いもあるだろう。「海光よ」という重々しい呼びかけからはじまるこの歌は、穂村自身の人生に対する内省となっている。

「跳ねる」とは「飛ぶ」ことではない。空まで高くはばたくことはできない。しかし「規則正

しく」跳ね続けるというルーティンワークの先に何かが変わることを待っている。「跳ねる」ことにはわずかながらのうれしさ、喜びといった感情も表現されているように思う。

人生の「継ぎ目」を体験するようになり変わっていく自分自身。「海光よ」という呼びかけは、亡くなった母と自分自身への呼びかけでもあるのだろう。（山田）

この歌は『攻殻機動隊』のラストシーンですね。なんか未来の戦車みたいなのに乗って移動していくんだけど、道路の継ぎ目が来るたびにちょっとずつ上下動するっていう場面です。それがどうってことは別にないんだけど、その上下動する描写がなんとなく印象に残っていて、言語化したんだと思います。「海光」っていうのは、ある種の永遠性みたいなものだけど、こっちは乗り物とかに乗っていても、継ぎ目が来ると跳ねずにはいられない、その生身性っていうんですかね。「一億年後の誕生日　曇り」に近い感覚ですよね。で、自分はそっちの肩を持つ意識というのがあって、天国みたいな永遠性のある場所に行っても、髪の毛は伸びて髪型を変えるという日常性の継続ということ。天国に行くともう肉体もなくなって、至福の光に包まれるみたいなイメージの拒否ですよね。「天国の美容師は腕がいい」というのは、天国に対する或る種の挑戦的な感覚です。

ここにあるのはただ時折跳ねるだけで何も起こらない時間。そういう時間ってあんまり表現されないというか。さっきの中途半端な髪型がとくに着目されないように、無視されるみたいなことがありますよね。無意味で退屈なゾーンとして。でも、そこに意味の力点を置きたいような気持ちがありますよね。主体性のありかみたいなことです。まあ、徒労ということとかね。丸山健二の昔の本で『風の、徒労の使者』というのがあって、いいタイトルだな、と思いました。「徒労の使者」ってすごくいい言葉ですよね。徒労に終わる、の徒労。徒労って神様にはないゾーンなんですよ。肯定的な意味でです。

ある種のエンターテインメント小説や映画が好きじゃないのは、そういうゾーンを全部捨象してしまうからで。エンターテインメントって作り手が神様だから、神様にとって意味のあるところだけを記述するから、そういうゾーンは全部排除されちゃうんだよね。だけど、そうじゃないものがやっぱり面白い。アニメーションなんかでも、昔の『ルパン三世』とかって、そういう部分が多く描写されていた。例えば、冒頭でいきなり峰不二子が歌を歌いながらシャワーを浴びていて、隣の部屋でソファーに寝転んだりして、けだるい感じでルパンと次元がなんかぼんやりしていて、しばらくしてから次元が「ちっ、嫌な歌だぜ」って言う——というような描写があるけど、これは無駄なゾーンの話で意味がない。物語の本筋とは別に関わりがないし、「嫌な歌だぜ」と言わせるためにわざわざ峰不二子に歌わせることは意味がないわけだけど、だからこそ、すごく意味を感じる。

レイモンド・チャンドラーの小説が僕は好きなんだけど、例えば、おかわりを作るために客の分と自分の分のグラスを下げる途中で、どっちがどっちのグラスかわからなくなってしまった、みたいな描写があります。そんなこと書いても意味がない。でも、そういうことは現実にはあるし、そこに人間の人間たる根拠を感じます。神ならどっちがどっちのグラスかわからなくならないし、神ならグラスがなくても水飲めるし、神ならそもそものどが渇かない、みたいにどこまでも行くから、その逆のほうに行くと人間に近づくということなんだよね、僕の中では。だから、下げようとした二人のグラスがどっちがどっちのかわからなくなっちゃって、それでもう一回両方洗い直すみたいなのは、ものすごく意味ある場面。人間としての意味のあるゾーンだということですよね。（穂村）

このばかのかわりにあたしがあやまります

って叫んだ森の動物会議

このばかのかわりにあたしがあやまりますって叫んだ森の動物会議

『手紙魔まみ、夏の引越し（ウサギ連れ）』（2001）

一般に、この『手紙魔まみ』という歌集の主人公は「まみ」であり、一人称はすなわち「まみ」のことを指すと考えられがちである。しかし、その枠組みからやや外れてしまいそうな歌も歌集にはたくさん含まれている。掲出歌の「あたし」もそのまま「まみ」であると考えられるかどうかは少しあやういところがある。

「森の動物会議」というシチュエーションは多分に童話的でありフィクショナルだ。そのフィクショナルな雰囲気が、一応は濃厚な生活感をバックに持っている「まみ」とはいささかそぐわない部分がある。森の動物会議はクマやらキツネやらが寄り集まるようなほのぼのしたイメージがある。その場で「このばかのかわりにあたしがあやまります」と叫んでみる。すべてひらがな書きのやわらかな字面だが、実はなかなかハードな内容である。

「このばか」というのがいったい誰なのかが歌の最大のポイントだろう。たとえば「まみ」のほかに歌集に出てくる存在（妹の「ゆゆ」や作者にして手紙の送り先である「ほむほむ」など）という可能性もある。だがこの歌をファースト・インプレッションで読んだ際にびくっとした思いがあったとしたら、それは「このばか」＝「この歌を読んだ自分自身」と捉えた部分があったからではなかろうか。自分は馬鹿ではないかという不安は誰もが抱えているはずだ。

㊸ このばかのかわりにあたしがあやまりますって叫んだ森の動物会議

森の動物会議で叫ぶ「あたし」は「まみ」の空想の中の一人称であるかもしれない。しかし、ほのぼのしているように見えて実際はどんな秩序によって成り立っていて、どのような理由で吊るしあげられているのかが「森の動物会議」からは読み取れない。「動物」の一方的な秩序によって「人間」は裁かれてしまいかねない。「このばか」の愚かさゆえの罪をすべてかぶって償おうとしてくれる「あたし」の声は、「まみ」の中に潜む母性であると同時に、「このばか」になってしまうことを心のどこかで恐れているすべての人々が求めている母性でもあるのだと思う。そしてそれは、作者である穂村弘自身の母性への憧憬と重なっていくのだろう。（山田）

これは「まみ」のモデルになった女の子がある時、自分の彼氏がタバコを道に捨てたりすると、「このばかのかわりにあたしがあやまりますって言いたくなる」って言ったの。それを僕、面白いなと思って。何が面白いかっていうと、タバコを道に捨てるっていうのがどのような角度から見てもNGだってことが一つと、にもかかわらず、それをかばうという、愛想を尽かさないというところ。で、最初、「たばこを捨てたら」みたいに短歌を作り始めたと思うんだけど、そこの情報をカットして、逆にシチュエーションとしてタバコを吸っていることを最も指弾されるような場所ってどこかなと思ったら、例えば「森の動物会議」とかだと人間のそういうふるまいって最悪だから、とても許されないだろう、と考えた。人間代表の雌として人間代表の雄の愚かさを、アダムとイブみたいなもんで、アダムの蔽い難い愚かさをイブが代わりに体を張って謝るみたいな、そういうニュアンス。だから「森の動物会議」なんですよね。で、具体的にはその時イメージしていた行為は、タバコを道に投げ捨てる、なんです。（穂村）

目が醒めたとたんに笑う熱帯魚なみのＩＱ
誇るおまえは

目が醒めたとたんに笑う熱帯魚なみのＩＱ誇るおまえは

『ドライ　ドライ　アイス』（１９９２）

この「おまえ」というのは女性に呼びかけているのだろう。「熱帯魚なみのＩＱ」はどう考えても賢いものという評価はしていない。しかし決して蔑んでいるわけでもない。むしろ「熱帯魚なみのＩＱ」を誇る彼女に心のどこかで憧れているふしがある。穂村弘の初期作品に描かれる女性は非常にコケティッシュなキャラクター造形をされているが、これは刹那的な性格の持ち主として描かれているからである。短いスパンで別人のように思考がくるくる入れ替わる。表情も感情もぽんぽんと変わっていく。猫のように気まぐれで立ち直りの早い性格に純粋な切望を抱いているのだろう。穂村は切り替えの早い性格を女性特有のものと捉え、憧れつつもまったく自分からは遠いものだと感じている。

もちろんこのような女性像は多分に幻想と思い込みによるところが多い。近年ではこうした女性像を描くことはほとんどなく、『手紙魔まみ』の「まみ」などはコケティッシュな外面を装いながらも、むしろ過去を引きずり孤独に苦悩する人物像である。

初期の穂村作品の特徴は、他者の内面を想像することをあらかじめ拒否している部分があるところだ。個人主義的な消費社会に浸透していく人間同士の断絶をクールに捉えている。特にバブル崩壊の爪痕を残し始める第二歌集『ドライ　ドライ　アイス』からはその傾向が顕著だ。

そしてその中でも、女性という存在は内面を想像しえない究極の他者として描かれ続けてきた。

２０００年代以降の時代において、『シンジケート』や『ドライ ドライ アイス』に見られる初期の穂村弘のテイストはある種のノスタルジーをこめて愛されている。それはあまりにも人間の内面がむき出しになっていく現代社会において、他者に対して勘違いといえるくらいの幻想をもてることへの郷愁があるのだろう。そして「他者を理解できない」ことがマイナス要素にしかならない社会に対しての絶望が、その裏側にはあるように思う。（山田）

山田さんの評では、熱帯魚はＩＱが低いっていう感じの読み方になっていて、もちろんそうなんですが、それ以前に、熱帯魚のＩＱは測定不能だってことなんですよね。それでＩＱっていうのも、この世のある種の決まりでね。貨幣価値とか株式とか法律とかと同じように、なんかよくわかんないけどＩＱってものがあって、それが知能を示すっていうんだけど、本当なのかなっていう感じがすごくあるんです。だから、そこからの逸脱なんですよね。それでは測りえないものがあるだろうというようなことを、一番ＩＱ測れなさそうなものは何か、熱帯魚かな、と。それは僕が女性に対してミステリアスなものを求めるということとリンクしていて、この世の価値判断の外にあるものとして女性を描くという、まあ、いつものパターンなんです。

山田さんの言うコケティッシュって、どういうのかな。色っぽい感じかな。通常の引力圏から離脱するっていうことなんですけどね。「不思議ちゃん」みたいな言葉ができてから、エキセントリックであることが或るアピールになるみたいなニュアンスが生まれたけど、そういう言葉がなかった時代の歌なので。イノセントと言ってもいいんだけど。

女性の〈内面を想像しえない〉というのはそのとおりですね。そのような設定でしか書けないというか、女性はいつも測り知れないラッキーアイテムみたいな（笑）。未知の果実をもたらす女神みたいな。今でも僕は、そういう感覚は強いですね。

だから僕、好きなんですよ。北村薫さんの『街の灯』シリーズの「ベッキーさん」。すごい夢の負荷がかかってますよね、あの誇り高さというのは。だから、現代劇としてはちょっと厳しいんでしょうね。時代設定が過去ならば、そのイリュージョンが成立しうるみたいなところはありますね。

散文で時代設定が昔だったり、設定がＳＦでないと持たないものがあるように、韻文なら持

ってことがあるんですよね。非常にエキセントリックな魂を散文の中で書くとどうしても不自然だけど、韻文の中では「ゆひら」の一瞬持てばいいわけで、パラパラ漫画みたいなものですよね。その一瞬一瞬が鮮烈にリアルに感じ取れればね。現実の女性というよりも自分の側の傾向、メンタルな偏りの問題で。だから、女も一人の人間として傷つきながら汗をかき生きているという観点からはNGなんですよね。

夢が絶対に満たされない限りにおいて、そのような女性の造形をし続けることができるということなんです。漫画なんかでもありますね。何かを封じられている代わりに、超越的な能力を持っているという幻想を描くとか。

そういえば、最高の数学者や将棋指しの考えてることなんて全然わかんないくせに興味はある。それはやっぱり世界像の転換の可能性に対する関心で、本当に世界最高の将棋指しや数学者のことがわかる人って十人ぐらいなんでしょう、おそらく。それに近い能力を持つ、対戦できるぐらいの人じゃないとわからないわけですよね、最高の将棋指しのすごさなんて。でも、何か言語的に変換されたり表現されたものから、一端なりとも触れたい欲望がある。

逆に、脳が現世にフィックスしているとき、例えば会社員なんかの場合、通勤途中に宇宙人が目の前に現れたとして、「それどころじゃない」って言いそうな感じがありますよね（笑）。「それどころじゃないんだよ、これから商談なんだ」みたいな話になる。その本末転倒性というものがいろんな意味でかなり限界に来ているという気配がある。

こっちが或る用件に気を取られているときに、女性に無邪気に話しかけられて、一瞬声を荒らげてしまって、相手がきょとんとしていたりすると、瞬時にその本末転倒性に気づかされるってことがありますよね。「あ、今、俺は宇宙人が出てきても、『それどころじゃないんだ、お客に会いに行かなきゃ』と言ってる状況だな」って。

僕は自分がずれているってことがわかってるから、チューニングを合わせるってことを繰り返すことで社会的に適応しているわけです。短歌の解説とかはフォーカスを緩め絞り、緩め絞りすることで説明しているわけです。一方で、本当にずれっぱなしの人に対する、ある種の憧れがあって、あの人ってどうやってもチューニング合わないんだなって思う人がいるわけですよ、短歌の世界には。

「馬がいたんです」とか、会った瞬間に、いきなり第一声で言うんです。これでコミュニケーションが成立するという判断はどこから来るんだろうって。それはどこかに馬はいたんだろうとは思うんだけど。こっちから質問して少しずつその間を埋めていくことで、「今日ここに来る途中、電車の窓から馬が見えたんです」ということがわかるんだけど。たしかに心の中の優先順位でいうと、「馬がいた」ということが圧倒的に優位であることは万人がわかる。自分だってそうなんです。でも、対人コミュニケーションの訓練を積み上げることで、「今日、電車に乗ったらね」ってところから話を始めないと通じないという悲しい学習がある。それをいきなり「馬がいたんです」と言えることに対する憧れが、やっぱり僕だけじゃなくて誰にもあると思うんです。（穂村）

翔び去りし者は忘れよぼたん雪ふりつむなかに睡れる孔雀

翔び去りし者は忘れよよぼたん雪ふりつむなかに睡れる孔雀

『シンジケート』（1990）

この歌集の中では比較的硬派で、塚本邦雄の影響を色濃く残した一首である。アメリカのポップアートを思わせる作品が並ぶなか、こういった日本画を思わせる静謐な雰囲気の歌がときおり挟まれているのが『シンジケート』の特徴である。

「翔び去りし者は忘れよ」という呼びかけは、誰に対してなされたものなのか。睡れる孔雀だろうか。それとも睡れる孔雀こそが翔び去りし者なのだろうか。何にせよ、「翔び去りし者は忘れよ」というテーゼは翔ぶことができない者の痛切な叫びだろう。

『シンジケート』所収の孔雀といえばこちらの方が有名だろう。

抜き取った指輪孔雀になげうって「お食べそいつがおまえの餌よ」

この歌の孔雀は動物園にいるリアルな孔雀であり、対して掲出歌では幻想の中の孔雀が描かれているということがわかる。翔び去って消えてしまったものを忘れるというのは、とてもネガティブで諦めを含んだ行為のように思える。ふりつもって世界を白く染めるぼたん雪と睡りは、ともに忘却のイメージへと向かわせる。しかし睡っているのが孔雀という神性を持った鳥であることで、忘却の果てにある静かな世界の変革を予兆させている。

「忘れよ」という文語の命令形は、口語の命令形とは違い神の声という印象をはらむように感じられる。翔ぶことができないままますべてを忘却していく予感を抱えながら、「忘れる」ことを神から与えられたカルマとして意識していく。『シンジケート』のなかでもひときわ異彩を放つ、静寂な歌である。（山田）

白い孔雀のイメージでした。雪の白に白ですね。〈塚本邦雄の影響を色濃く残した一首〉とありますが、そうですね。「睡れる」をこの字を使ったりする感じとかね。なんか耽美っぽいものへの憧れ。語彙と語法は違いますけれど、塚本さんにはずいぶん影響を受けました。塚本邦雄さんの歌で好きなのは《馬は睡りて亡命希ふことなきか夏さりわがたましひ滂沱たり》とか。日本に対する違和感みたいなものがテーマで、それが現実の革命とかではなくて、眠ることによって裏返しの革命を夢見るみたいな歌だと思います。《翔び去りし――》の歌はいい歌じゃないから言及したくないんですけど。それはやっぱり、全然違うんですよ、《馬は睡りて――》の歌とは。そのフォームではもう魂がこもらないんですよね、僕の場合。(手紙魔の)「まみ」が不思議ちゃんと呼ばれることがあるように、塚本さんでさえ「お耽美」みたいなふうに言われることもあって、その紙一重をどうみるかはもう実際のその人の作家性でしか判断できないわけです。塚本さんの場合は、そこに絶対的な魂の差異がやっぱりあったと思う。三島由紀夫なんかもそうかなあ。いろんな形で揶揄もされてるけど、やっぱりそこには揶揄しえない永遠の何かがあるって感じるし、それは作風やスタイルとはまたちょっと違った部分で、作品の現物に触れるときに読者が感じ取ってしまうものなんですよね。(穂村)

ティーバッグのなきがら雪に投げ捨てて何も
考えずおまえの犬になる

ティーバッグのなきがら雪に投げ捨てて何も考えずおまえの犬になる

『ドライ ドライ アイス』(1992)

「犬」は穂村弘の初期作品に頻出するモチーフである。実際の動物としての犬も登場するが、こういった喩《ゆ》としての犬も多い。掲出歌における犬とは、決して逆らわない忠実なしもべという意味である。しかしこれは別にマゾヒズムの歌ではない。無知ゆえの純粋さというのが初期作品では重要なテーマになっているのだ。「馬鹿」や「愚か」といった言葉が頻出するのもその問題意識ゆえであり、そして「犬」は純粋かつ無知であるというもっとも端的な存在として象徴化されている。

呼吸する色の不思議を見ていたら「火よ」と貴方は教えてくれる
人はこんなに途方に暮れてよいものだろうか　シャンパン色の熊

これらの歌にも、無知と無垢さが紙一重であることが表現されている。おそらくは穂村は昔から自分が無知であるというコンプレックスをどこかで抱えてきたのだろう。単に知識が足りないという意味ではなく、生活していくための知恵が足りないというコンプレックスである。それくらい「馬鹿」「愚か」というテーマは穂村自身の強力な〈私〉と結びついている。

㊻ ティーバッグのなきがら雪に投げ捨てて何も考えずおまえの犬になる

掲出歌における「ティーバッグ」も、きっと「生活」の象徴なのだ。紅茶を朝に飲むようなおしゃれな生活に憧れつつも、紅茶の入れ方がわからずティーバッグしか使えない。ひょっとしたらティーバッグの使い方すらも不器用でうまくいかないのかもしれない。それが雪に投げ捨てられる。穂村弘はもともと雪の歌を好んで詠む歌人であるが、彼自身の人生を形作る原風景が雪景色なのかもしれない。ティーバッグを自らの原風景である真っ白な雪の中へと投げ捨ててしまうことは、立派でかっこいい生活者として生きていくことの放棄である。そしてあらゆる思考を停止して「犬」になる。無知を逃れたまま純粋さを保つほどの器用な生き方はできない。無垢で無知な存在として生きていくことの決意。それはある種のプロテスト精神だったのだろう。（山田）

この歌の「何も考えずおまえの犬になる」ってたしか、遠藤ミチロウさんの歌詞そのまんまなんです。当時は本歌取りみたいな意識で、《桟橋で愛し合ってもかまわないがんこな汚れにザブがあるから》というコマーシャルコピーをそのまま下句にした歌をつくったり、他に「その甘い考え好きよ」も、ドラマか漫画の台詞だったと思う。ちょっとすぐには出典を思い出せないんだけど。そういう風に引用してるんだけど、これ括弧にも入ってないし元が歌詞だから詞書か註が必要でしたね。すみません。当時の自分のなかでは「がんこな汚れにザブがある」と同じくらい有名な言葉だったので。他にも《ドリフだねそれもドリフだオッスもいっちょオッスあたりいちめんドリフとなりぬ》って歌の「オッスもいっちょオッス」の部分は『8時だヨ！全員集合』からの引用です。毎回番組冒頭でいかりや長介が会場に向かって「オッス、もいっちょオッス」って云うんだけど、それを知らない人に「ひどい字余り」と云われてびっくりしたことがあります。この部分はリズムがいかりやさんのあの口調に切り替わるつもりで書いていたので。同様に、このフレーズは、「な・に・も・か・ん・が・え・ず、お・ま・え・の・い・ぬ・に・な・る」みたいに元歌のゆっくりしたリズムに変わるイメージでした。

山田さんは「マゾヒズムの歌ではない」って書いているけど、女の腹を殴るという歌も別にサディズムの歌じゃないように、これもマゾヒズムの歌じゃないんだよね。別に女の腹を殴りたいわけじゃないように、犬になりたいわけでもない。それなのになぜ書くのかと言われると説明が難しいんだけど、そのように考えたことが言語化されるわけじゃない、としか言いようがないなあ。実際には葛湯なんて風邪の時も僕は欲しがらないし。そういう言葉を感情とか欲望とか望みみたいなほうから詰めていくと、どうしても説明できない領域があって、それは例えば感覚みたいなものですよね。感情で書いてるんじゃなくて、或る感覚的な整合性がそこで表出されている。さらには言葉そのものの側からの要請もある。「雪」と「ティーバッグ」の色の対比みたいなことが作歌のきっかけじゃなかったかなあ。これは、ティーバッグのあの端っこのとこを持って投げるイメージなんでしょうね。変な手ごたえで投げられるんじゃないかな？　普通のものに比べて。山田さんは「人生を形作る原風景が雪景色なのかもしれない」と書いていますが、札幌で女性と一緒に住んだりしていた感覚は反映されてるでしょうね。でも、生活じゃないよね、やっぱり学生の時の同棲とかってね。非常に反生活的なるものだよね。一人で住んでるほうが生活だよね、学生にとっては。これは、つかの間の、なんか幻のような感じです。

「シャンパン色の熊」は何だったかなあ。たしか、シャンパンのラベルに熊がいたんだったかなあ。なんとなく「マグマ大使」なんかの感じとちょっと似てますね。葛湯と金色のマグマ大使みたいな体感、かな。うーん、なんでこれで成立すると思ったのかなあ。「人は」というのも変だよね。そういう微妙なところで成立するかしないか決まるから、読者もなんとなくそれを感じる。だから、「何が歌われてるかが問題じゃない」とよく言われますが、「どう歌われてるのか」が問題なんですね。シャンパンのラベルを見て作ったっていうのは本当の記憶なのか、それとも誰かがそういう読みをしていて、それを読んで、逆に記憶に輸入されたのかもしれない。これは変だね。よくわかんないな。さっきの「マグマ大使」の歌なんかのほうが一首を今見て、何を考えて作ったのかがわかる、構造として。変に見えてもあの「葛湯」は出るべくして、置くべくして置かれているって気がするけど、この「シャンパン色の熊」はかなり意味不明な感じです。（穂村）

目薬をこわがる妹のためにプラネタリウム
に放て鳥たち

目薬をこわがる妹のためにプラネタリウムに放て鳥たち

『シンジケート』（1990）

「妹」は穂村弘の歌にしばしば登場するモチーフだが、実際の穂村は一人っ子であり妹はいない。現実の妹ではなくフィクション設定としての妹である。穂村の初期作品には無知ゆえの無垢さというテーマがあり、「犬」や「馬鹿」といったフレーズにはそういう意味合いが込められている。この「目薬をこわがる妹」も無垢の象徴といった意味合いがあるのだろうが、「妹」には「女性」という属性もある。それは謎を秘めた妖精的なイメージを持つ。また近親者である「妹」には近くにいながら近づけないというさらなる神秘性がある。何重もの意味で「謎」を抱えた存在なのだろう。

「目薬をこわがる」という幼さには、不完全なものを愛する穂村の志向があらわれている。そこからプラネタリウムに鳥を放つという大きなイメージに重なっていくのは、不完全で無垢なまま巨大な世界につながっていきたいという願いがあるからなのだろうか。

水銀灯ひとつひとつに一羽づつ鳥が眠っている夜明け前

同じく鳥をモチーフとしたこの歌でも、鳥と夜空という組み合わせが用いられている。夜空は宇宙そのものと直にリンクし、溶け合っていく感覚を与えてくれるものだ。プラネタリウムは人工の夜空であり「偽物」ともいえる。「偽物」を嫌う穂村であっても、無垢で謎多き存在の「妹」にはその闇を切り開く可能性があると感じたのだろう。人工の夜空を自由にはばたいていく鳥たちが教えてくれるもの。それは穂村の中の素朴な女性崇拝なのだろう。(山田)

「妹」については、『短歌の友人』の中に、妹がいない男性作者がみんな妹を歌ってるということについての考察の文章があります。だから、他の女性の、「火よ」と教えてくれるような感じではないですね。もうちょっと庇護する対象としての女性のイメージで、僕の歌には珍しいんじゃないかな。女性に対するそういう感覚って希薄だから。プラネタリウムに鳥を放つと、空に放つより実際には行き止まりですよね。でも、感覚的には星まで到達するという。それが前に出た「自然光は拒否」というのと同じで、現実の空に放ったんではなんか歌にならないっていう感じが僕の場合はあって。現実にはより行き止まりなんだけど、プラネタリウムが真なるものだとすれば星まで到達するというような、そういう反転がある。

ここには、なんか「妹たち」みたいなニュアンスもあるかもしれない。妹的なるものっていうのか。これはどちらかというと、自分たちっていうんですかね。ニセモノの空の下に置かれた自分たちみたいなイメージかな。ちょっと違うけど宝石よりも硝子に惹かれるような感覚は稲垣足穂の頃からあるわけですよね。

「水銀灯ひとつひとつに一羽づつ」は珍しく実景を歌った、本当に水銀灯の上に鳥が一羽ずつ止まっているとこを見たんだよね。でも、それをこういうふうに言語化すると、実際に鳥がいるんじゃなくて、水銀灯がただあるだけで、あのしずくのような涙のような水銀灯の中に鳥の魂が入っているみたいにも読めますね。（穂村）

いさなとり海にお舟を浮かばせて行ってみ
たいな僕の国まで

いさなとり海にお舟を浮かばせて行ってみたいな僕の国まで

「行ってみたいな僕の国」(「モンキービジネス」vol.10・2010年夏号)

「モンキービジネス」は翻訳家の柴田元幸編集の文芸誌であり、この号は「アメリカ」というテーマで掲載内容が統一されている。そのためこの連作も「アメリカ」というテーマで依頼を受けて書き下ろされたものだろう。

第一歌集『シンジケート』にはアメリカ型消費社会への憧れが込められているが、その頃から二十年の時がたって穂村弘の「内なるアメリカ」も変化を見せている。その内面的な変化を大々的にテーマにしてみせたのがこの連作「行ってみたいな僕の国」だろう。もっとも大きく変わった点は「日本」という座標軸が置かれるようになったことだ。『シンジケート』時代は「日本」や「祖国」といった視座を持っていなかったことが特徴である。これはそういった視座をあえて持たなかったというよりも、もともと持っていなかったように思う。

アメリカの交叉点ではとおりゃんせの代わりに何が流れるのだろう
海風よ　捕鯨の町の住民の毛髪水銀濃度4倍

アメリカの表層的な消費文化への視点が変質し、日本との比較や国家的な対立といった視野が立ち現れてくるようになったことがわかる。捕鯨というモチーフへの問題意識も、文化と文化が衝突することがあるのだという事実への素朴な驚きが背景にある。

掲出歌の「いさなとり」というのも捕鯨のことである。いさな（勇魚）とは鯨の古語。ここであえて古語を使うというのも、自分が日本の文化史につながる存在であるという意識が生じて来たからだろう。「行ってみたいな僕の国まで」と詠んだとき、「僕の国」であるにもかかわらず行ったことがなく、これから行きたいと願っているというシニカルな表現がなされている。日本が「僕の国」でありながら行ったことがないというあたりに、穂村の「日本」に対するねじくれた意識が現れている。今自分がいる日本を「僕の国」と思えないが、しかし「僕の国」など存在しないとは思いたくないという意識だ。日本に対する愛憎は、すなわちアメリカに対する愛憎と表裏一体である。ポップな魅力を喪失していき「衰退」の姿を見せるようになったアメリカへの意識が垣間見える。

「行ってみたいな僕の国」は最近の穂村にとって深い課題となっているナショナリティというテーマがもっとも大きく現れた連作である。今までになく社会詠的な部分が出ている連作であるが、将来的な穂村弘の方向性を示唆しているともいえる。（山田）

童謡「海」の本歌取りですね。「海は広いな大きいな」ってはじまるあの歌の、三番だったかな、「海にお舟を浮かばして行ってみたいなよその国」って歌詞があるんです。それを「僕の国」に反転させている。しかし、「よその国」って云い方が懐かしいですね。昔はよく「よそ様」とかいったよね。「とおりゃんせ」も今はまだけっこう交叉点に流れてるけど、将来的には意味が通じなくなるかもしれませんね。そのとき、「日本の交叉点」でどんな歌が流れているのか。（穂村）

裏側を鏡でみたらめちゃくちゃな舌ってこれ
であっているのか

裏側を鏡でみたらめちゃくちゃな舌ってこれであっているのか

「リボン」(「小説すばる」2012年1月号)

舌を持ち上げてみてその裏側を鏡で覗いてみる。するとどうだろう、SF映画に出てくるエイリアンの肌のようにグロテスクだ。人間の身体の部分はそのほとんどが機能美にあふれているのに、人の目にさらされにくいところではこんなにも気持ちのよくないデザインがまかりとおっている。そのことに穂村弘は大きな不安を抱く。

しかし実のところ「舌の裏側」は導入にしかすぎないのだろう。「めちゃくちゃな舌」の「な」は単なる「舌」にかかる助詞ではなく、「めちゃくちゃな……」という絶句に近い感嘆が省略された意味合いも含んでいる。この歌の前半部分は序詞的な役割を持っているといえる。歌の眼目は「舌」よりもむしろ、「これであっているのか」だ。「あっているのか」どうか不安なのは舌の裏側だけではない。それを容れている自分の身体であり、自分を容れているこの世界そのものである。

「あっている」と表現したとき、その中には「あるべき正しい姿」という規範のイメージが内包されている。整然とした機能美を持った「舌の裏側」を想定している。しかしそんな規範は頭の中で勝手に作り上げてきた幻想にすぎない。人間は自分たちの想像以上に、わがままに作り出した「美」の規範と理想に縛り付けられながら生きている。

㊾ 裏側を鏡でみたらめちゃくちゃな舌ってこれであっているのか

人体の中に潜むグロテスクな箇所から、世界そのものの構造への不安へとつながっていく。石の下の虫の集団のように、目に触れにくい領域がいくらでもある世界への不安。穂村弘は鏡を見ているときも見ていないときも、家にいるときも外を歩いているときも、おそらくは自問自答し続けているのだ。「これであっているのか」と。（山田）

舌の裏側の配線（?）ってぬちゃぬちゃ不気味ですよね。他人と比較して確かめたくても、そこはまずみる機会がないから、「これであっているのか」どうかわからないんです。前半の序詞的なニュアンスを山田さんが丁寧に読み取ってくれています。

そういえば昔、「これでいいのだ」ってバカボンのパパの決め台詞がありました。あれも「これでいいのか」って不安が遍在しているからこそ成立するわけですよね。（穂村）

いくたびか生まれ変わってあの夏のウエイトレスとして巡り遭う

いくたびか生まれ変わってあの夏のウエイトレスとして巡り遭う

『手紙魔まみ、夏の引越し(ウサギ連れ)』(2001)

『手紙魔まみ』という歌集は全篇にわたって円環構造をとっていて、「ループする」「繰り返される」モチーフが幾度も出てくる。そしてそれは「輪廻」の暗喩となっている。

目覚めたら息まっしろで、これはもう、ほんかくてきよ、ほんかくてき
夢の中では、光ることと喋ることはおなじこと。お会いしましょう

巻頭歌と最終歌であるが、「目覚め」で始まって「夢の中」で終わるのは偶然ではない。「生まれ変わり」もまたループである。「まみ」にとっての「ウエイトレス」は労働であり、事務的な行動の象徴である。何度生まれ変わったとしても生活という枷を背負い続けて生きていく。終わらない世界のなかに組み込まれた「まみ」の、哀しくも強い決意である。

あの夏の数かぎりなきそしてまたたった一つの表情をせよ　小野茂樹

「あの夏の」というフレーズには戦後を代表する相聞歌であるこの歌が含意されているのだろ

⑩ いくたびか生まれ変わってあの夏のウエイトレスとして巡り遭う

う。「限りないもの／たった一つのもの」という対立構造が持ち込まれているのも共通している。「まみ」が刹那的に見えて実は現実と地続きの生活を担っているように、「ほむほむ」もまたあまりに多すぎる選択肢のなかから自分の進むべき道を選びとっていかなくてはならない。

穂村はこの歌集の結末について、珍しくわずかながらの自註をしたことがある。それは、「まみは『退場』させたつもりでした。タイムワープというか輪廻というか……」というものだった。円環構造に組み込まれることが『退場』になる。それは刹那的な生き方を喪失して反復的な日常へと足を踏み入れていくことが、青春の終わりだという認識があるからだろう。これは「まみ」の成長物語であると同時に「ほむほむ＝穂村弘」の変質の物語でもあるのだ。

輪廻を繰り返す二人が次に「巡り遭う」ときは、ただのウエイトレスと客という関係かもしれない。「生活」を引き受けた「まみ」はもはや、手紙も「ほむほむ」も必要としない一人の女性となって何事もなかったかのように去っていくのだろう。

これと同じ手紙を前にもかいたことある気がしつつ、フタタビオクル

そしてついに新しく手紙に書くべきことも失った「まみ」の回帰は、輪廻という名の別れを予感させる。まみの『退場』とは、「手紙」からの、そして「ほむほむ」からの『卒業』でもあったのだろう。「手紙魔まみ」がついに手紙を書かなくなるまで、物語はループし続ける。手紙を書くという行為が少女性の象徴であり続けたように、「ほむほむ」が手紙を受け取り続けたことは自らのアイデンティティを探り続ける作業だった。そしてその末に糸口としていくことにしたのが「昭和」という時代性であり、自分自身の過去と生い立ちだったのだ。（山田）

前出の《札幌局ラジオバイトの辻くんを映し続ける銀盆を抱く》のほかに《お替わりの水をグラスに注ぎつつ、あなたはほむらひろしになる、と》という歌と《一九八〇年から今までが範囲の時間かくれんぼです》という歌があって、つまり、ウエイトレスがここでタイムスリップをしていて、それで未来を知っているんです。「今はあなたは辻くんだけど、未来では穂村弘という人になる」と、未来予知をする。女性のその女神的な超越性がここでは自分の未来を告げる。「火よ」と言ったように「穂村弘よ」と言う。それを「まみ」の側から見ると《いくたびか生まれ変わってあの夏のウエイトレスとして巡り遭う》で、このへんは松任谷由実が作った『時をかける少女』の主題歌の一節、「褪せた写真のあなたのかたわらに飛んで行く」という時間を遡るイメージですよね。同時に、夢みたいな体感でもあって、《夢の中では、光ることと喋ることはおなじこと。お会いしましょう》っていう最後の一首は、いつかまた、どこかでお会いしましょう、という輪廻の約束みたいな感じです。

この歌集は一ページ三首組みでずっと組んであるんだけど、最後の方ではどんどん歌が抜けていって、この頁にはもう一首しかなくて、というふうに言葉が消えていくんです。このへんでもう光の中にまみは溶けつつあって、そして「お会いしましょう」と言って消えていく。

タイムスリップして会うとか、夢の中で会うとか、あるいは輪廻転生で会うとか、まあ何でもいいんですけど、それらが混ざったイメージになっています。現実にデジャブとかもあるしね、前にもこうしていたことがある、という感じ。あのデジャブのひどくロマンチックな感覚っていうのが、増幅されているのかな、と思うんです。そう思うってことが大切だから。（穂村）

あとがき

穂村 弘

自作の短歌についての本を、というお話をいただいたとき、ためらった。自歌自註という一種の「種明かし」は何故か面白くならないことが多い、と経験的に感じていたからだ。これにはたぶん理由がある。どんなに丁寧に言葉を選んで巧みに組み立てても、それだけでは短歌は生まれない。作歌とは心の火を使った料理のようなもので、高い熱によって必ず一度不可逆的な変化を潜る必要がある。その前と後とでは何かが決定的に違っていて、けれど、そこで起こったことが何なのかは作者自身にも実はわからないのだ。高熱の中で言葉と意識がひとつに溶け合ってしまうから覚えていないというべきか。

にも拘わらず、作者という立場から解説しようとするとき、作品の背景や意図をまず語ることになる。それ自体はいいのだが、問題はその時点ではもう心は平熱に戻っているということだ。その結果、作品の核にある謎、すなわち心の火による決定的な変化を「ない」もののように扱ってしまう。作者の「種明かし」が面白くなかったり、時には興醒めになったりするのは、このこととと関連があるんじゃないか。

などと考えて、あれこれと迷っているとき、山田航さんの存在を知った。山田さんは「トナカイ語研究日誌」というインターネット上のサイトに「穂村弘百首鑑賞」を連載していた。その文章が面白かった。メタファーの奥にあるものを探ったり、初出からの異同を考えたり、歌集に収録されなかった歌を敢えて取り上げてその意味を推理したり。対象に挑むスタイルの読解は、読み手自身の心の火によって歌の核にある謎を溶かそうとしているように見えた。なんて強気でスリリングな読みなんだろう。

そこで山田さんと相談して、彼の鑑賞文を軸に私がコメントをするスタイルで一冊を構成することにした。自作について直に言及するのではなく、山田さんの文章を見ながら語ることで、弾みのついた話はどんどん脱線していったが、編集担当の北村暁子さんの的確な編集感覚によって、逸脱を生かす形でまとめていただいた。どうもありがとうございました。

猶、本書の編集作業を進めている間に、山田さんは角川短歌賞と現代短歌評論賞を受賞された。ひとりの歌人が（しかも同じ年に）両賞を射止めるのは史上初の快挙である。

短歌一覧　〈出典・他の登場回〉

01

終バスにふたりは眠る紫の〈降りますランプ〉に取り囲まれて

『シンジケート』

02

校庭の地ならし用のローラーに座れば世界中が夕焼け

『ドライ　ドライ　アイス』（⑬）

サイダーは喉が痛くて飲めないと飛行機が生む雲を見上げて

『ドライ　ドライ　アイス』

記憶の夏のすべての先生たちのためチョークの箱に光る蜥蜴を

『ドライ　ドライ　アイス』

03

夜のあちこちでＴＡＸＩがドア開く飛び発つかぶと虫の真似して

『ドライ　ドライ　アイス』

あ　かぶと虫まっぷたつ　と思ったら飛びたっただけ　夏の真ん中

『ドライ　ドライ　アイス』

04

「あの警官は猿だよバナナ一本でスピード違反を見逃すなんて」

『ドライ　ドライ　アイス』

後ろ手に隠してるのはパトカーの頭にのっけてあげるサイレン？
『シンジケート』

警官を首尾よくまいて腸詰にかじりついてる夜の噴水
『シンジケート』

回転灯の赤いひかりを撒き散らし夢みるように転ぶ白バイ
『ドライ　ドライ　アイス』

05

赤、橙、黄、緑、青、藍、紫、きらきらとラインマーカーまみれの聖書
『手紙魔まみ、夏の引越し（ウサギ連れ）』

「あなたがたの心はとても邪悪です」と牧師の瞳も素敵な五月
『シンジケート』

拳骨で鍵盤叩け　眠り込んだ神父の瞼に目玉を描け
『ドライ　ドライ　アイス』

星座さえ違う昔に馬小屋で生まれたこどもを信じるなんて
『ドライ　ドライ　アイス』

神様、いま、パチンて、まみを終わらせて（兎の黒目に映っています）
『手紙魔まみ、夏の引越し（ウサギ連れ）』

06

「耳で飛ぶ象がほんとにいるのならおそろしいよねそいつのうんこ」
『シンジケート』

ぶら下がる受話器に向けてぶちまけたげろの内容叫び続ける
『シンジケート』

ねむりながら笑うおまえの好物は天使のちんこみたいなマカロニ　『シンジケート』

サバンナの象のうんこよ聞いてくれだるいせつないこわいさみしい　『シンジケート』（08 12 15）

「自転車のサドルを高く上げるのが夏をむかえる準備のすべて」　『シンジケート』

07

ほんとうにおれのんかよ冷蔵庫の卵置き場に落ちる涙は　『シンジケート』（12 23）

08

女の腹なぐり続けて夏のあさ朝顔《べんき》に転がる黄緑の玉　『シンジケート』

子供よりシンジケートをつくろうよ「壁に向かって手をあげなさい」　『シンジケート』

死のうかなと思いながらシーボルトの結婚式の写真みている　『シンジケート』

海にゆく約束ついに破られてミルクで廊下を磨く修道女《シスター》　『シンジケート』

09

ウエディングドレス屋のショーウインドウにヘレン・ケラーの無数の指紋　『ラインマーカーズ』

生まれたての仔猫の青い目のなかでぴちぴち跳ねている寄生虫　『ラインマーカーズ』

バットマン交通事故死同乗者ロビン永久記憶喪失

『ラインマーカーズ』

⑩

オール5の転校生がやってきて弁当がサンドイッチって噂

「短歌研究」2007年2月号

みっつ通った小学校の校歌らが不意の同時に流れはじめる

「短歌研究」2007年2月号

母のいない桜の季節父のために買う簡単な携帯電話

「短歌研究」2007年2月号

⑪

カブトムシのゼリーを食べた辻一朗くんがにこにこ近づいてくる

「短歌」2006年11月号

札幌局ラジオバイトの辻くんを映し続ける銀盆を抱く

『手紙魔まみ、夏の引越し（ウサギ連れ）』（㊿）

⑫

ハーブティーにハーブ煮えつつ春の夜の嘘つきはどらえもんのはじまり

『シンジケート』（㉗）

⑬

風の交叉点すれ違うとき心臓に全治二秒の手傷を負えり

『ドライ　ドライ　アイス』

洗車が終わった時は靴までびしょぬれで煙草の火だけ生きていました

『ドライ　ドライ　アイス』

目覚めたら息まっしろで、これはもう、ほんかくてきよ、ほんかくてき

『手紙魔まみ、夏の引越し（ウサギ連れ）』（㊿）

⑭

恋人の恋人の恋人の恋人の恋人の恋人の死

『手紙魔まみ、夏の引越し（ウサギ連れ）』

指さしてごらん、なんでも教えるよ、それは冷ぞう庫つめたい箱

『ラインマーカーズ』（㉚）

月光よ　明智に化けて微笑めば明智夫人が微笑み返す

『ラインマーカーズ』

こんなめにきみを会わせる人間は、ぼくのほかにはありはしないよ

『ラインマーカーズ』

⑮

ハロー　夜。ハロー　静かな霜柱。ハロー　カップヌードルの海老たち。

『手紙魔まみ、夏の引越し（ウサギ連れ）』

⑯

「酔ってるの？あたしが誰かわかってる？」「ブーフーウーのウーじゃないかな」

『シンジケート』

⑰

ゆめのなかの母は若くてわたくしは炬燵のなかの火星探検

「短歌」２００６年１月号

母の顔を囲んだアイスクリームらが天使に変わる炎のなかで

「短歌」２００６年１月号

髪の毛をととのえながら歩きだす朱肉のような地面の上を

「短歌」２００６年１月号

⑱

超長期天気予報によれば我が一億年後の誕生日　曇り

『ラインマーカーズ』

⑲ 「腋の下をみせるざんす」と迫りつつキャデラック型チュッパチャップス
『ラインマーカーズ』

⑳ 「その甘い考え好きよほらみてよ今夜の月はものすごいでぶ」
『ドライ　ドライ　アイス』

トナカイがオーバーヒート起こすまで空を滑ろう盗んだ橇で
『ドライ　ドライ　アイス』

お遊戯がおぼえられない君のため瞬くだけでいい星の役
『ドライ　ドライ　アイス』

お遊戯がおぼえられない僕のため嘶くだけでいい馬の役
『ドライ　ドライ　アイス』

㉑ A・Sは誰のイニシャルAsは砒素A・Sは誰のイニシャル
『シンジケート』

㉒ 氷からまみは生まれた。先生の星、すごく速く回るのね、大すき。
『手紙魔まみ、夏の引越し（ウサギ連れ）』

早く速く生きてるうちに愛という言葉を使ってみたい、焦るわ
『手紙魔まみ、夏の引越し（ウサギ連れ）』

大好きな先生が書いてくれたからMは愛するMのカルテを
『手紙魔まみ、夏の引越し（ウサギ連れ）』

スパンコール、さわると実は★だった廻って●にみえてたんだね
『手紙魔まみ、夏の引越し（ウサギ連れ）』

㉓

冷蔵庫が息づく夜にお互いの本のページがめくられる音
『ラインマーカーズ』

俺にも考えがあるぞと冷蔵庫のドア開け放てば凍ったキムコ
『シンジケート』

㉔

メガネドラッグで抱きあえば硝子扉の外はかがやく風の屍
『日本文学盛衰史』

ひまわりの夏よ　我等の眼《まなこ》よりゴリラ専用目薬溢れ
『日本文学盛衰史』

ルービックキューブが蜂の巣に変わるように親友が情婦に変わる
『日本文学盛衰史』

㉕

夏空の飛び込み台に立つひとの膝には永遠《えいえん》のカサブタありき
『ラインマーカーズ』

㉖

バービーかリカちゃんだろう鍵穴にあたまから突き刺さってるのは
『手紙魔まみ、夏の引越し（ウサギ連れ）』

外からはぜんぜんわからないでしょう　こんなに舌を火傷している
『手紙魔まみ、夏の引越し（ウサギ連れ）』

㉗

体温計くわえて窓に額つけ「ゆひら」とさわぐ雪のことかよ
『シンジケート』

やわらかいスリッパならばなべつかみになると発熱おんなは云えり
『ラインマーカーズ』

「土星にはチワワがいる」と歯磨きの泡にまみれたフィアンセの口
『新星十人』

㉘

きがくるうまえにからだをつかってね　かよっていたよあてねふらんせ
『ラインマーカーズ』（㉖）

「なんかこれ、にんぎょくさい」と渡されたエビアン水や夜の陸橋
『ラインマーカーズ』

㉙

フーガさえぎってうしろより抱けば黒鍵に指紋光る三月
『シンジケート』

郵便配達夫《メイルマン》の髪整えるくし使いドアのレンズにふくらむ四月
『シンジケート』

置き去りにされた眼鏡が砂浜で光の束をみている九月
『シンジケート』

㉚

呼吸する色の不思議を見ていたら「火よ」と貴方は教えてくれる
『シンジケート』（㊻）

新品の目覚めふたりで手に入れる　ミー　ターザン　ユー　ジェーン
『シンジケート』

㉛

「十二階かんむり売り場でございます」月のあかりの屋上に出る
『手紙魔まみ、夏の引越し（ウサギ連れ）』

巻き上げよ、この素晴らしきスパゲティ（キャバクラ嬢の休日風）を
『手紙魔まみ、夏の引越し（ウサギ連れ）』（㊵）

㉜

ゴージャスな背もたれから背を数センチ浮かせ続ける天皇陛下

「短歌往来」2010年2月号

天皇は死んでゆきたりさいごまで贔屓の力士をあかすことなく

「短歌研究」2006年10月号

㉝

意味まるでわからないままきらきらとお醤油に振りかける味の素

「短歌研究」2007年8月号

ラジオ体操ききながら味の素かきまわしてるお醤油皿に

「短歌研究」2007年8月号

ググったら人工知能開発者として輝いていたキャロライン洋子

「短歌研究」2007年8月号

㉞

卵産む海亀の背に飛び乗って手榴弾のピン抜けば朝焼け

『シンジケート』

雄の光・雌の光がやりまくる赤道直下鮫抱きしめろ

『シンジケート』

シュマイザー吼えよその身をばら色に輝く地平線とするまで

『シンジケート』

㉟

「凍る、燃える、凍る、燃える」と占いの花びら毟る宇宙飛行士

『手紙魔まみ、夏の引越し（ウサギ連れ）』

㊱

夏の終わりに恐ろしき誓いありキューピーマヨネーズのふたの赤

『シンジケート』

マヨネーズの蓋の真っ赤を握らせて囁く　これを俺だと思え

「短歌ヴァーサス」２００３年２号

マヨネーズの蓋の真っ赤を両眼に填めて二代目マツモトキヨシ

「短歌ヴァーサス」２００３年２号

あたたかいマツモトキヨシの返り血を浴びておまえもヘルシーになれ

「短歌ヴァーサス」２００３年２号

㊲

春を病み笛で呼びだす金色のマグマ大使に「葛湯つくって」

『シンジケート』

㊳

吐いている父の背中を妻の手がさすりつづける月光の岸

「短歌」２００７年11月号

㊴

教会の鐘を盗んであげるからコーヒーミルで挽いて飲もうぜ

『短歌という爆弾』

㊵

つっぷしてまどろむまみの手の甲に蛍光ペンの「早番」ひかる

『手紙魔まみ、夏の引越し（ウサギ連れ）』

お客様のなかにウエイトレスはいませんか。って非常事態宣言

『手紙魔まみ、夏の引越し（ウサギ連れ）』

コースター、グラス、ストロー、ガムシロップ、ミルク、伝票、抱えてあゆめ

『手紙魔まみ、夏の引越し（ウサギ連れ）』

包丁を抱いてしずかにふるえつつ国勢調査に居留守を使う

『手紙魔まみ、夏の引越し（ウサギ連れ）』

㊶
糊色の空ゆれやまず枝先に水を包んで光る柿の実
『シンジケート』
ウエディングヴェール剝ぐ朝静電気よ一円硬貨色の空に散れ
『シンジケート』

㊷
海光よ　何かの継ぎ目に来るたびに規則正しく跳ねる僕らは
「歌壇」2010年2月号
あ、一瞬、誰かわかりませんでした、天国で髪型を変えたのか
「歌壇」2010年2月号
新しい髪型なんだか似合ってる　天国の美容師は腕がいい
「歌壇」2010年2月号

㊸
このばかのかわりにあたしがあやまりますって叫んだ森の動物会議
『手紙魔まみ、夏の引越し（ウサギ連れ）』

㊹
目が醒めたとたんに笑う熱帯魚なみのＩＱ誇るおまえは
『ドライ　ドライ　アイス』

㊺
翔び去りし者は忘れよぼたん雪ふりつむなかに睡れる孔雀
『シンジケート』
抜き取った指輪孔雀になげうって「お食べそいつがおまえの餌よ」
『シンジケート』

㊻
ティーバッグのなきがら雪に投げ捨てて何も考えずおまえの犬になる
『ドライ　ドライ　アイス』

人はこんなに途方に暮れてよいものだろうか　シャンパン色の熊
『シンジケート』

栈橋で愛し合ってもかまわないがんこな汚れにザブがあるから
『シンジケート』

ドリフだねそれもドリフだオッスもいっちょオッスあたりいちめんドリフとなりぬ
「短歌往来」２００８年７月号

㊼ 目薬をこわがる妹のためにプラネタリウムに放て鳥たち
『シンジケート』

水銀灯ひとつひとつに一羽づつ鳥が眠っている夜明け前
『ドライ　ドライ　アイス』

㊽ いさなとり海にお舟を浮かばせて行ってみたいな僕の国まで
「モンキービジネス」２０１０年夏号

アメリカの交叉点ではとおりゃんせの代わりに何が流れるのだろう
「モンキービジネス」２０１０年夏号

海風よ　捕鯨の町の住民の毛髪水銀濃度４倍
「モンキービジネス」２０１０年夏号

㊾ 裏側を鏡でみたらめちゃくちゃな舌ってこれであっているのか
「小説すばる」２０１２年１月号

㊿ いくたびか生まれ変わってあの夏のウエイトレスとして巡り遭う
『手紙魔まみ、夏の引越し（ウサギ連れ）』

夢の中では、光ることと喋ることはおなじこと。お会いしましょう
『手紙魔まみ、夏の引越し（ウサギ連れ）』

これと同じ手紙を前にもかいたことある気がしつつ、フタタビオクル
『手紙魔まみ、夏の引越し（ウサギ連れ）』

お替わりの水をグラスに注ぎつつ、あなたはほむらひろしになる、と
『手紙魔まみ、夏の引越し（ウサギ連れ）』

一九八〇年から今までが範囲の時間かくれんぼです
『手紙魔まみ、夏の引越し（ウサギ連れ）』

穂村弘　著作リスト

歌集

『シンジケート』　沖積舎　1990年
『ドライ　ドライ　アイス』　沖積舎　1992年
『新星十人——現代短歌ニューウェイブ』　共著　立風書房　1998年
『手紙魔まみ、夏の引越し（ウサギ連れ）』（絵　タカノ綾）　小学館　2001年
『ラインマーカーズ——The Best of Homura Hiroshi』　小学館　2003年
『回転ドアは、順番に』（東直子と共著）　全日出版　2003年〈ちくま文庫　2007年〉

短歌入門書

『短歌という爆弾——今すぐ歌人になりたいあなたのために』　小学館　2000年
『短歌はプロに訊け！』（沢田康彦、東直子と共著）　本の雑誌社　2000年〈『短歌はじめました。百万人の短歌入門』角川ソフィア文庫　改題再編集　2005年、『ひとりの夜を短歌とあそぼう』角川ソフィア文庫　改題再編集　2012年〉
『短歌があるじゃないか。——一億人の短歌入門』（沢田康彦、東直子と共著）　角川書店　2

004年
『短歌ください』 メディアファクトリー 2011年

評論・エッセイ
『世界音痴』 小学館 2002年〈小学館文庫 2009年〉
『もうおうちへかえりましょう』 小学館 2004年〈小学館文庫 2010年〉
『現実入門——ほんとにみんなこんなことを？』 光文社 2005年〈光文社文庫 2009年〉
『本当はちがうんだ日記』 集英社 2005年〈集英社文庫 2008年〉
『にょっ記』 文藝春秋 2006年〈文春文庫 2009年〉
『もしもし、運命の人ですか。』 メディアファクトリー 2007年〈MF文庫 2010年〉
『短歌の友人』 河出書房新社 2007年〈河出文庫 2011年〉
『整形前夜』 講談社 2009年
『にょにょっ記』 文藝春秋 2009年〈文春文庫 2012年〉
『人魚猛獣説——スターバックスと私』 かまくら春秋社 2009年
『ぼくの宝物絵本』 白泉社 2010年
『絶叫委員会』 筑摩書房 2010年
『君がいない夜のごはん』 NHK出版 2011年
『異性』（角田光代と共著） 河出書房新社 2012年

対談

『人生問題集』（春日武彦と共著）角川書店　2009年
『どうして書くの？――穂村弘対談集』筑摩書房　2009年

ショートストーリー

『いじわるな天使から聞いた不思議な話』（絵　安西水丸）大和書房　1994年〈『いじわるな天使』アスペクト　改題　2005年〉
『車掌』（絵　寺田克也）ヒヨコ舎　2003年
『課長』（絵　寺田克也）ヒヨコ舎　2006年

歌画集

『ぞうのうんこ』（絵　東君平）エディションq　1997年
『ブルーシンジケート』（絵　井筒啓之）沖積舎　2002年

詩集

『求愛瞳孔反射』新潮社　2002年〈河出文庫　2007年〉

絵本

『あかにんじゃ』（絵　木内達朗）岩崎書店　2012年

短歌絵本

『めくってびっくり短歌絵本　全5巻』岩崎書店　2006〜2007年

1　そこにいますか　日常の短歌（絵　西村敏雄）

2　サキサキ　オノマトペの短歌（絵　高畠那生）

3　君になりたい　恋の短歌（絵　後藤貴志）

4　ぺったんぺったん白鳥がくる　動物の短歌（絵　青山明弘）

5　納豆の大ドンブリ　家族の短歌（絵　寺門孝之）

初出　山田航ｂｌｏｇ「トナカイ語研究日誌　穂村弘百首鑑賞」に加筆訂正
他は語り下ろし

ブックデザイン　原 研哉＋大橋香菜子

著者紹介

穂村 弘（ほむら ひろし）

歌人。一九六二年、北海道札幌市生まれ。「かばん」所属。八一年北海道大学文学部に入学、在学中に塚本邦雄の作品に出会い短歌に興味を持つ。八二年北大を退学、八三年上智大学文学部に入学、八五年短歌の創作を始める。八六年「シンジケート」が角川短歌賞の次席となる。歌集に『シンジケート』『ドライ　ドライ　アイス』『手紙魔まみ、夏の引越し（ウサギ連れ）』など、エッセイ集に『世界音痴』『もうおうちへかえりましょう』『絶叫委員会』など。他に対談集、短歌入門書、評論、絵本の翻訳など著書多数。二〇〇八年『短歌の友人』で、伊藤整文学賞を受賞、連作「楽しい一日」で短歌研究賞を受賞。〇八年から日本経済新聞の歌壇選者。

山田 航（やまだ わたる）

歌人。一九八三年、北海道札幌市生まれ。「かばん」所属。立命館大学法学部卒。二〇〇九年、「夏の曲馬団」で角川短歌賞、「樹木を詠むという思想」で現代短歌評論賞を受賞。自身のサイト「トナカイ語研究日誌」で現代歌人の短歌評などを執筆。第一歌集『さよならバグ・チルドレン』近刊予定。

世界中が夕焼け　穂村弘の短歌の秘密

二〇一二年六月三十日発行

著者　穂村弘　山田航
発行者　佐藤隆信
発行所　株式会社　新潮社
東京都新宿区矢来町七一
〒一六二-八七一一
電話　編集部　〇三-三二六六-五四一一
読者係　〇三-三二六六-五一一一
http://www.shinchosha.co.jp
印刷所　錦明印刷株式会社
製本所　大口製本印刷株式会社

ISBN978-4-10-457402-5　C0095